中华现代学术名著丛书

宋元明讲唱文学

叶德均 著

2017年·北京

图书在版编目(CIP)数据

宋元明讲唱文学／叶德均著.—北京：商务印书馆，2015（2017.3 重印）
（中华现代学术名著丛书）
ISBN 978-7-100-11646-6

Ⅰ.①宋… Ⅱ.①叶… Ⅲ.①说唱文学—古典文学研究—中国—宋代～明代 Ⅳ.①I207.7

中国版本图书馆 CIP 数据核字（2015）第 242249 号

权利保留，侵权必究。

中华现代学术名著丛书

宋元明讲唱文学

叶德均 著

商 务 印 书 馆 出 版
（北京王府井大街36号 邮政编码100710）
商 务 印 书 馆 发 行
北 京 冠 中 印 刷 厂 印 刷
ISBN 978-7-100-11646-6

2015 年 12 月第 1 版　　开本 880×1240　1/32
2017 年 3 月北京第 2 次印刷　印张 8⅛
定价：25.00 元

出版说明

百年前,张之洞尝劝学曰:"世运之明晦,人才之盛衰,其表在政,其里在学。"是时,国势颓危,列强环伺,传统频遭质疑,西学新知亟亟而入。一时间,中西学并立,文史哲分家,经济、政治、社会等新学科勃兴,令国人乱花迷眼。然而,淆乱之中,自有元气淋漓之象。中华现代学术之转型正是完成于这一混沌时期,于切磋琢磨、交锋碰撞中不断前行,涌现了一大批学术名家与经典之作。而学术与思想之新变,亦带动了社会各领域的全面转型,为中华复兴奠定了坚实基础。

时至今日,中华现代学术已走过百余年,其间百家林立、论辩蜂起,沉浮消长瞬息万变,情势之复杂自不待言。温故而知新,述往事而思来者。"中华现代学术名著丛书"之编纂,其意正在于此,冀辨章学术,考镜源流,收纳各学科学派名家名作,以展现中华传统文化之新变,探求中华现代学术之根基。

"中华现代学术名著丛书"收录上自晚清下至20世纪80年代末中国大陆及港澳台地区、海外华人学者的原创学术名著(包括外文著作),以人文社会科学为主体兼及其他,涵盖文学、历史、哲学、政治、经济、法律和社会学等众多学科。

出版说明

出版"中华现代学术名著丛书",为本馆一大夙愿。自1897年始创起,本馆以"昌明教育,开启民智"为己任,有幸首刊了中华现代学术史上诸多开山之著、扛鼎之作;于中华现代学术之建立与变迁而言,既为参与者,也是见证者。作为对前人出版成绩与文化理念的承续,本馆倾力谋划,经学界通人擘画,并得国家出版基金支持,终以此丛书呈现于读者面前。唯望无论多少年,皆能傲立于书架,并希冀其能与"汉译世界学术名著丛书"共相辉映。如此宏愿,难免汲深绠短之忧,诚盼专家学者和广大读者共襄助之。

商务印书馆编辑部
2010年12月

凡　　例

一、"中华现代学术名著丛书"收录晚清以迄 20 世纪 80 年代末,为中华学人所著,成就斐然、泽被学林之学术著作。入选著作以名著为主,酌量选录名篇合集。

二、入选著作内容、编次一仍其旧,唯各书卷首冠以作者照片、手迹等。卷末附作者学术年表和题解文章,诚邀专家学者撰写而成,意在介绍作者学术成就,著作成书背景、学术价值及版本流变等情况。

三、入选著作率以原刊或作者修订、校阅本为底本,参校他本,正其讹误。前人引书,时有省略更改,倘不失原意,则不以原书文字改动引文;如确需校改,则出脚注说明版本依据,以"编者注"或"校者注"形式说明。

四、作者自有其文字风格,各时代均有其语言习惯,故不按现行用法、写法及表现手法改动原文;原书专名(人名、地名、术语)及译名与今不统一者,亦不作改动。如确系作者笔误、排印舛误、数据计算与外文拼写错误等,则予径改。

五、原书为直(横)排繁体者,除个别特殊情况,均改作横排简体。其中原书无标点或仅有简单断句者,一律改为新式标点,专名号从略。

六、除特殊情况外,原书篇后注移作脚注,双行夹注改为单行夹注。文献著录则从其原貌,稍加统一。

七、原书因年代久远而字迹模糊或纸页残缺者,据所缺字数用"□"表示;字数难以确定者,则用"(下缺)"表示。

目 录

上篇　宋元明讲唱文学

一、讲唱文学的一般情形 …………………………………… 3
二、乐曲系的讲唱文学 ……………………………………… 9
三、诗赞系讲唱文学（上）：涯词和陶真 ………………… 26
四、诗赞系讲唱文学（中）：词话 ………………………… 36
五、诗赞系讲唱文学（下）：从词话到弹词、鼓词 ……… 47

下篇　相关研究补编

后土夫人变考——变文存目之一 ………………………… 69
双渐苏卿诸宫调的作者 …………………………………… 73
再生缘续作者许宗彦、梁德绳夫妇年谱 ………………… 77
弹词女作家小记 …………………………………………… 122
关于浦琳 …………………………………………………… 127
十八世纪扬州说书人叶英 ………………………………… 131
歌谣资料汇录 ……………………………………………… 137

叶德均先生著述编年 ……………… 赵竹音辑编　赵义山审订 227
叶德均的《宋元明讲唱文学》及其他 ……………… 赵义山 240

上篇　宋元明讲唱文学

一、讲唱文学的一般情形

讲唱文学是用韵散两种文体交织而成的民族形式的叙事诗,叙述时是有说有唱的。唐五代僧侣们所创制的俗讲是讲唱文学的开山祖。俗讲中的讲经文、缘起和大多数的变文,都夹有韵文和散文。讲唱时以散文讲说,韵文歌唱。韵文的歌词以七言偈赞为主,配合梵呗的乐调歌唱。其中除押座文和一部分讲经文外,都是叙述故事的。唐以后的各种讲唱文学相互间虽有差异,但都遵守着韵散夹用且说且唱的基本规律,而且一定是叙事的。

俗讲以后的讲唱文学,宋代有陶真、涯词、鼓子词、诸宫调、覆赚;元代有词话、驭说、货郎儿;明清有弹词、鼓词、宝卷等,它们都是俗讲的嫡系苗裔。这类大多数是用第三人称的叙述体;只有少数由于自身的发展或受其他文学、技艺的影响,而改用代言体的(如部分的吴音系弹词),但它们本身仍然是讲唱而非演唱。至于从讲唱文学进一步发展为戏曲的(如词话和诸宫调发展成为元杂剧),却溢出这范围以外了。

从宋代起,这类文学和技艺,它们的名称和体制异常纷纭复杂,从来没有统一的总称。这里姑且用讲唱文学来概括一切。

它们的名称和体制相互间虽有极大的差异,但主体却没有什么不同,都是由说的散文和唱的韵文两个主要部分构成。散文没有重大差异,不同的都在韵文部分。就韵文的文辞和实际歌唱来考察，可以区别为乐曲系和诗赞系两大类。

乐曲系一类，是采用乐曲作为歌唱部分的韵文。它们的特点是每首乐曲各有不同的乐调（词调或曲调），句式是由乐调（牌子）决定的，通常是长短句。它和诗赞系的区别是：有一定的乐调和长短不齐的句式。所用的乐曲和乐调都是当时流行的，因而也就随时不同，为当时的乐曲所决定。它们在宋代用词调，金元时用北曲，明清时用南北曲，或用当时新兴的民间乐曲（俗曲）。同类的技艺或文学所用的乐曲也随时变化，如诸宫调在两宋时用词调，金元时就用词曲过渡体或纯粹北曲乐调。由于所用的乐曲和乐调的不同，这类又分为下列两项：

第一是用唐宋的词调（诗余），以两宋的技艺和作品为限。它包括宋代的小说、诸宫调、叙事鼓子词、覆赚四种。如赵令畤的鼓子词用〔商调·蝶恋花〕，《清平山堂话本》中的《刎颈鸳鸯会》用〔商调·醋葫芦〕，都是用词调的。至于《京本通俗小说》中《西山一窟鬼》等篇插用词调的也可附属于这一类。宋以后流行的乐曲有了变化，旧的词调不受人们欢迎，因而讲唱文学中就很少用词调了。

第二是用宋元以来的南北曲调和民间乐曲。如金代《刘智远》诸宫调和《西厢记》诸宫调是用词曲过渡体。元代《天宝遗事》诸宫调用北曲，而前二种又正是北曲的祖祢。明代叙事道情《庄子叹骷髅》（见《续金瓶梅》）和有曲牌的《陶真选粹乐府红珊集》是用南北曲。元代说唱货郎儿、明代叙事莲花落和清代蒲松龄《聊斋俚曲》中的牌子曲等，都是用当时流行民间乐曲和乐调的。

诗赞系一类，源出唐代俗讲的偈赞词（宋代以来的各种讲唱文学除宝卷外，都和佛教没有关系，用诗赞比偈赞妥当）。这类诗篇虽和诗体的绝、律、歌、行相似;但因为用韵较宽,平仄不严,接近口语,究竟和正式的诗不同。俗讲以后的大部分讲唱文学都用诗赞体,如宋元明的陶真,元明的词话,明清的弹词、鼓词和现在的各类的讲唱文学。它是讲唱文学中应用最广、源流最长的一种形式。这类作品,明代有《大唐秦王词话》和《清平山堂话本》中的《快嘴李翠莲记》,清代有各种弹词和鼓词。俗讲的偈赞词是以七言为主,宋代诗赞系的一类也是这样。到了元代词话中产生了十言句,又为明清鼓词、宝卷所沿用。这通常是三、三、四的十言句,基本上还是由七言句变化而来。在讲唱时,诗赞也以歌唱为主(念诵的较少),各有一定的声腔和歌唱法,如唐代俗讲卷子就明白注出"平"、"侧"、"吟"、"断"等声腔。每一种讲唱文学的歌唱法又随时随地改变,如清代弹词先有平湖调,后来又有俞调、马调。其中已死亡的陶真、词话之类,由于记载的缺乏,无法说明它的腔调。它们和乐曲系的区别是:有整齐的七言或十言的句式,通常不注明乐调和声腔。

特殊的是只有韵文没有散文的一类,如清代的子弟书、大鼓、弹词的开篇和各种叙事唱本等。它们在歌唱之前或附有散说的缴代话,然而那散说却非叙述故事的。这类虽然和韵散夹杂的一般讲唱文学有分别,但也应该附属于这一范围以内,因为它是自有来源的——在最早的讲唱文学的俗讲中,就有纯韵文的《董永变》、《季布骂阵词文》等变文。这类是:全用诗赞体。

讲唱文学中也有少数兼用诗赞和乐曲两类韵文,如多数的明清宝卷和一部分清代吴音系的弹词。元代虽确有宝卷,但没有作品流传,不知是不是纯诗赞体。但明清的宝卷除诗赞外,也用〔挂金索〕、〔五供养〕、〔耍孩儿〕等曲调。明代词话虽然有用〔西江月〕、〔鹧鸪天〕等词调的,但仍以诗赞为主。清代吴音系弹词就有不少兼用南北曲曲调的(《珍珠塔》)。这说明诗赞和乐曲两系讲唱文学彼此不是孤立,而有时也会交织为一体的。

同一种类的讲唱文学也不是只用诗赞或乐曲一体,有的是同时并用,有的先后不同。明末同一题材的叙事道情,有诗赞和乐曲两部(见下),这是同时并用。宋代陶真本是诗赞系的一类,但发展到明代又有乐曲系的一类(见下),这是变化。

讲唱文学中韵文唱词的作用及它和散文的关系,从韵文和散文的配合可以看出来。两者的配合有三种不同方法:

第一是先用散文叙述故事一段,再有韵文重复叙述或歌咏、赞颂一番。这是复用。鼓子词、诸宫调、宝卷和一部分鼓词、弹词都用这方法。俗讲中讲经文一类和一部分变文(《降魔变文》等),已开始采用这一方法,影响后来其他讲唱文学。这方法表面虽似累赘,但却有反复咏赞的好处。而在乐曲技艺中,歌唱不仅是重要的环节,而且是它的主体。可是又怕单用歌唱听众不易明白,所以先用散文叙述大概,然后再用韵文歌唱来表现技艺。

第二是韵文和前后散文衔接地应用,是承上启下的,和前面散文连接而不是重复。这是连用。词话(如百回本《水浒传》第四十八回"独龙山前独龙岗"的一段)和一般的弹词、鼓词都用这方法。俗讲中《伍子胥变》、《目连变》一类变文是最先采用的。其中的韵文不只是为了歌唱,也是不可缺少的叙事部分的一段。又有用韵文代言的,如明代词话《快嘴李翠莲记》,也可以附属于连用项下。以上两项方法,其中韵文的唱词都是全体中一个重要环节,正如血肉和人身一样,不可缺少的。

第三是为了增加歌唱部分或"游词余韵"的插用,它不是不可缺少的部分,而插入进去用它来抒情、写景,藉以增加听众兴趣的。这类大多数是放在篇首作为"入话"之用的,如嘉靖刊本《水浒传》每回开首的一段诗赞,《京本通俗小说》的《碾玉观音》篇首入话用诗词十一首,《西山一窟鬼》入话用咏春词十五首。这类的插用也是讲唱文学中常见的方式,但性质上却不能和上述两种方法混而不分,它只是像衣服和人身一样可多可少的。至于明清两代一般以散说或散文为主的小说,前后或中间插入诗、词、诗赞和曲调的,那是受讲唱文学或词话影响的增插,仍然是以散文为主体,不能归入这项范围。

不论是插用或作为全体重要环节的复用、连用,它们的来源是:由于讲唱者为了吸引听众和表现自己的歌伎,因而就要用大量的韵文歌曲配合音乐来歌唱。宋代瓦市勾阑伎艺人的"说话",在做场时大抵有音乐和歌唱,如合生的歌咏讴唱(《洛阳搢绅旧闻记》卷一,《夷坚支志》乙集卷六);商谜用鼓板吹"贺圣朝"(《都城纪胜》)。所谓"鼓板"是用鼓、笛、拍板(《武林旧事》卷六)合奏。这两类都不是讲唱文学,但和它们有密切关系。至于讲唱文学更不能离开音乐和歌唱而独立存在。如宋代说话的小说又名"银字儿",是因讲唱时用银字笙、银字觱篥乐器配合歌唱而得名;鼓子词用管弦乐和鼓伴奏(《侯鲭录》卷五);赚词用鼓、笛、拍板(《事林广记》戊集卷二)和弦索(《癸辛杂识别集》下)。说唱诸宫调,宋代以"鼓板之伎"的众乐伴奏(《梦粱录》卷二十),金元时以筝和琵琶为主。元代说唱货郎儿用鼓(《风雨像生货郎旦》杂剧);驭说用拍板和门锤(《秋涧先生大全文集》卷七十六);说唱一般词话用琵琶(《遗山先生文集》卷三十六)。明代说唱陶真用琵琶(《西湖游览志余》卷二十);词话和弹词用小鼓、拍板或弦索(《负苞堂集》卷三);僧人讲唱用响钹(《金瓶梅词话》第十五回)。

讲唱文学历史既长,不仅内部复杂,而和其他伎艺也就有互相假借和错综的关系。宋代傀儡戏用涯词做唱本(见《都城纪胜》),元杂剧插用词话,是讲唱文学被其他伎艺借用的实例;而元代陶真和明代词话借用莲花落(《琵琶记》第十七出及《谭曲杂劄》),明代陶真采用南北曲(《陶真选粹乐府红珊集》)等,又是讲唱文学吸收或采取其他伎艺了。

各类讲唱文学彼此虽有不少差别和变化,而基本原则却没有多大改变。但从这类用第三人称的叙述体发展为代言体的戏曲,也有不少的实例,如元杂剧和现在的地方戏曲的一部分(滩簧、沪剧等)便是由讲唱文学发展而来,而这类由讲唱体到戏曲体的转移就是讲唱文学发展的一般法则。

二、乐曲系的讲唱文学

唐五代的俗讲虽是以七言偈赞词构成,但又注明"平"、"侧"、"吟"、"断"的声腔,它是兼有诗赞和乐曲两系的特色,混合而为一的。宋代的讲唱文学除继承了俗讲的七言诗赞外,又采用当时流行长短句的词调,因而形成了诗赞及乐曲两个系统。

宋代乐曲系的讲唱文学都是用词调的,计有小说、叙事鼓子词、覆赚和诸宫调四类。

第一是小说。宋代瓦市勾阑的"说话",据耐得翁《都城纪胜》和吴自牧《梦粱录》卷二十所记有:小说、讲史、说经、合生主要四家。其中合生不是叙事的歌唱,讲史是以散说和念诵为主,说经疑是有说有唱,只有小说一家确是讲唱文学。宋代讲唱的小说,如《都城纪胜》所说:"小说谓之'银字儿'",是因歌唱时用银字笙、银字觱篥伴奏而得名。它的话本如《清平山堂话本》的《刎颈鸳鸯会》用〔商调·醋葫芦〕十首及〔南乡子〕一首(做场时用唱鼓子词伎艺来歌唱),《京本通俗小说》的《西山一窟鬼》用〔念奴娇〕等词十五首、《碾玉观音》用〔鹧鸪天〕三首、〔蝶恋花〕一首和诗七首,都可证明确是且说且唱的,虽然后两例是作为入话的插用。讲史是以"前代书史文传兴废战争之事"(《都城纪胜》)为题材的中篇或长篇,而小说则是以"一朝一代故事,顷刻间提破"(同上)的短篇,所以宋代小说是短篇的讲唱文学。说唱的伎艺人,要如罗烨《醉翁谈录》甲集卷一《小说开辟》所说"吐谈万卷曲和诗",才能擅场。又据《小说开辟》所记,它把小说题材分为:灵怪、烟粉、传奇、公案、朴刀、杆棒、妖术、神仙八类。在勾阑说唱时是以当时都市市民和小市民、士兵为主要对象。现在所见宋代小说的话本,是以词调为主的乐曲系讲唱文学。其中或有像明代词话《快嘴李翠莲记》用诗赞的,但却未见实例。宋代单刊作品,现在还没有见到;所见的都是明代的选辑本,如洪楩的《六十家小说》,无名氏《京本通俗小说》,冯梦龙的《古今小说》、《警世通言》、《醒世恒言》。这些都是经过明人重订和改编的,其中只有一部分作品的唱词被保留,多数都遭删削,这是在明代小说散文化的过程中形成的。宋元小说一类的话本原是韵散夹用的讲唱文学,到了明代一部分小说篇幅加长,又趋向全部散文化,就和长篇的散文讲史混而不分,所以到明清时就很少知道宋代小说原是短篇讲唱文学了。

第二是叙事鼓子词。鼓子词是因歌唱时有鼓伴奏而得名的伎艺。它和传踏都是宋代官僚士大夫集团官私筵宴所用的小型乐曲(宫廷用大曲、法曲、曲破的大型乐曲)。北宋欧阳修《六一词》有《十二月鼓子词》〔渔家傲〕十二首,吕渭老《圣求词》有《圣节鼓子词》〔点绛唇〕二首,南宋侯寘《孏窟词》有《金陵府会鼓子词》〔新荷叶〕一首,张抡《莲社词》有咏道家事的道情〔减字木兰花〕等三十首,据周密《武林旧事》卷七所记也是鼓子词。这些都是士大夫们筵会上所用的(吕、侯二氏的标题特别明显)游乐伎艺,并不是叙事的讲唱文学。由这基础又产生了叙事鼓子词的一类。这类是士大夫筵会和供市民娱乐的勾阑中并用的,现存两种作品正代表这两类。

北宋赵令畤《侯鲭录》卷五收录自著的《元微之崔莺莺商调蝶

恋花》鼓子词一篇,叙述张生和崔莺莺恋爱的故事。散文是据唐元稹《莺莺传》删节概括而成,韵文是自撰的〔蝶恋花〕12首,夹在每段散文之后。第一首是概括全篇大意,末一首是评论,正文十首是歌咏故事和人物,偏重于咏赞和抒情,而非纯粹的叙事。第一首前有:"奉劳歌伴,先定格调,后听芜词。"以后每首前也照例用:"奉劳歌伴,再和前声。"可见在讲唱时是有歌伴伴唱的,而"先定格调"又意味着这歌伴是奏乐者。全篇是联合同调的词牌十二首反复地运用,和大曲及传踏等相同。赵氏说他写作动机是由于:"至于娼优女子,皆能调说大略。惜乎不被之以音律,故不能播之声乐,形之管弦。"这作品就是为补救不能"形之管弦"而作,以供娼优说唱的。这又说明鼓子词除以鼓节奏外,又有管弦乐的伴奏。它的声律比一般词宽泛、自由。(见《诗解脞语》)

明代编刊的《清平山堂话本》(原名《六十家小说》)中有《刎颈鸳鸯会》一篇,也是鼓子词。篇末说:"在座看官要备细,请看叙大略,漫听秋山一本《刎颈鸳鸯会》。"(《警世通言》第三十八卷《蒋淑真刎颈鸳鸯会》也就是这一篇,但删去这几句话。)这是当时"说话"的伎艺人秋山所作,而它也是在说唱鼓子词流行时的宋代作品。这篇是叙蒋淑贞和邻人朱秉中相恋,被丈夫张二官杀害的故事。散文是用流利的口语,显示出民间话本的风格,它虽然和赵令畤的作品用文言的有差异,但两者都是作为讲说之用的。韵文是〔商调·醋葫芦〕十首,第一首前有:"奉劳歌伴,先听格律,后听芜词。"以后九首也有:"奉劳歌伴,再和前声。"这证明它确是鼓子词一类。宋代小说一家的话本原是韵散并用的短篇讲唱文学,其中未被明人删节韵文的几篇可以看出两种歌唱的情形:一种如《西山一窟鬼》杂用各种散词,一种是如本篇用鼓子词。由此可以说明:

宋代说话人小说一家也采用鼓子词的伎艺和乐曲,而这篇所以列入小说的话本的原因就不难明白了。

鼓子词是反复地用同一词牌,自然不免单调,等到复杂而多变化的新乐曲繁盛以后,它就衰亡,所以南宋以后叙事鼓子词就绝迹了。

第三是覆赚。赚词是起源于北宋而盛行于南宋的伎艺。它的得名,据耐得翁《都城纪胜》(不分卷)说:"赚者,误赚之义也。令人正堪美听,不觉已至尾声。"它的起源、发展和特色,吴自牧《梦粱录》卷二十的记载最为翔实:

> 唱赚在京师时,只有缠令、缠达。有引子、尾声为缠令。引子后只有两腔迎互循环间有〔用〕〔为〕缠达。绍兴年间有张五牛大夫因听动鼓板中有"太平令",或赚鼓板(即今拍板大节扬处也),遂撰为赚。……凡唱赚最难,兼慢曲、曲破、大曲、嘌唱耍令、番曲、叫声,接诸家腔谱也。(《都城纪胜》文字略同)

初期的赚词是起源于北宋(年代未详)汴梁的乐曲,有缠令和缠达两类。到了南宋绍兴间(1131—1162),勾阑伎艺人张五牛吸取了一种叫鼓板(这是北宋崇宁至政和间〔1102—1117〕汴梁街市流行的鼓、笛、拍板合奏的曲艺,见吴曾《能改斋漫录》卷一。)伎艺的动荡和繁复变化的音节的特长,重新改造了赚词。这后期的赚词兼收各种乐曲的唱法合而为一,异常好听,而词句又通俗(沈义父《乐府指迷》),很能吸引听众,所以成为南宋最流行的民间乐曲,为市民和小市民们所爱好。而临安勾阑的专业伎艺人有32人之多(《梦粱录》卷二十及《武林旧事》卷六),除小说一家(57人)外,其他伎艺都不及它兴盛;他们的行会叫遏云社(见《都城纪胜》等书)。有名的"书会先生"李霜涯就是做赚词的能手(《武林旧事》卷六)。

赚词的歌唱以鼓、笛、拍板为主(《事林广记》戊集卷二《驻云主张》),配合弦乐(《梦粱录》卷二十及《癸辛杂识别集》下)。唱者自击鼓和拍板(《驻云主张》及《遏云要诀》),类似现在唱大鼓的情形。

赚词的作品有《选唱赚词》一种(明《文渊阁书目》卷十),已经散佚,疑是宋人所作。现存的只有元陈元靓《群书类要事林广记》戊集卷二所收南宋人《咏蹴鞠》的一套《圆社市语》。它用中吕宫曲〔紫苏丸〕、〔缕缕金〕、〔好女儿〕、〔大夫娘〕、〔好孩儿〕、〔赚〕、〔越恁好〕、〔鹘打兔〕、〔尾声〕九首,除〔好女儿〕一首不见后来曲谱外,其余都属于中吕宫。这合九曲以咏一事,有引子和尾声,一韵到底,是后来南北曲联套的始祖。这仅存的一套并非叙事的讲唱文学。

叙事的是覆赚。《都城纪胜》说:"今又有覆赚,又且变花前月下之情及铁骑之类。"是以男女私情及战争的故事为题材的。耐得翁《都城纪胜》的自序署端平二年(1235),他所谓"今又有覆赚"是指:绍兴间张五牛大夫改造赚词以后,端平二年以前,即覆赚的产生是1162年到1235年的七十多年间的事。这类没有作品流传,不知是否有讲说的散文。假如没有,那就同《季布骂阵词文》及清代子弟书一样,成为讲唱文学的附庸了。

赚词始于北宋,但南宋时才盛行,全部历史只有二百年左右(覆赚更短,至多约一百年)。元代胡正臣虽然熟习赚词,那只是当作古乐曲看待的余波(见《录鬼簿》)。但赚词的重要性,不在于它的历史长短,而是对金元诸宫调和元代南北曲的重大影响。

赚词是联合同一宫调若干首不同牌子的乐曲构成,比那反复地用同一牌子的鼓子词,显然是进步的;但就仅存的一篇《圆社市语》来说,它还是停留在联成一套为止的地步,覆赚至少也有两套。

第四是诸宫调。所谓宫调是从隋唐燕乐的二十八宫调而来,但到了金代说唱诸宫调时只用了其中十六个宫调。诸宫调是因它联合许多不同宫调的乐曲(词或曲)而得名的伎艺,所以又叫"诸般宫调"(一百二十回本《水浒传》第二十九回)。宋代诸宫调没有标本可见,据金元的作品推测宋代原始诸宫调的构成法,它的基本方式当是:以各个宫调的只曲(一曲独用)为单位(如《西厢记》诸宫调的四十五支只曲独用,《张协状元》南诸宫调用不同宫调曲五支,都不用尾声),或一曲一尾为一套(金代诸宫调的基本方式)。在歌唱时唱完一个宫调的一两支曲后,就改唱另一个宫调的曲子,所以它在初期是宫调变化很快、很多的乐曲(得名也与此有关),而每套也很短(《西厢记》一八八套中有一四五套是用上列二种方式的)。宋代是纯粹用词调的初期诸宫调。

它在当时的乐曲中是最丰富而复杂,是以其他乐曲为基础而发展的。它的进步性从两方面表现出:(一)当时流行的小型乐曲的传踏、鼓子词,大型乐曲的大曲、法曲都是反复用同一调子,以同一词调联成一遍,而它是除一曲一尾等基本方式外,又有少数是联合同一宫调的各种词调为一套(据赚词联套推测必有少数联套是这样,至金代联多曲为一套更不是罕见的);(二)赚词虽也联合同一宫调的各种词调为一套,但只以一两套为止,而它是联合不同宫调的只曲和许多套为一整体。如果没有其他乐曲做基础,它的发展和进步是不可能的。

二、乐曲系的讲唱文学

诸宫调的创始是在十一世纪的北宋时。王灼《碧鸡漫志》卷二说：

> 熙宁、元丰间，兖州张山人以诙谐独步京师，时出一两解。泽州有孔三传者，首创诸宫调古传，士大夫皆能诵之。（通行本作"熙丰元祐"，疑误）

它是在宋神宗熙宁、元丰间（1068—1085）所创始的。又据《都城纪胜》说："诸宫调，本京师孔三传编撰传奇、灵怪，入曲说唱。"这孔三传也是汴梁勾阑中的说唱伎艺人。他的生平也无可说明，只知道他在崇宁大观间（1102—1110）还和耍秀才同在勾阑说唱诸宫调（《东京梦华录》卷五），而三传也是乐人的绰号（《刘智远》诸宫调说李三传是因"多知古事，善书算阴阳，时人美呼三传"而得名）。他和后来改造赚词的张五牛同是宋代乐曲伎艺人中的能手，根据旧乐曲改变为新乐曲。诸宫调在他创始时就是有说有唱的叙事的讲唱文学，以历史的事件和传奇、灵怪为题材。勾阑中说唱的乐曲伎艺，本是以市民、小市民为主要对象，但孔三传的说唱"古传"也为士大夫阶层所倾倒。

它在南宋远不及赚词兴盛，临安专业的伎艺人只有五个（《梦粱录》卷二十和《武林旧事》卷六）。南宋的杂剧（杂耍）有《诸宫调霸王》、《诸宫调卦铺儿》二种名目（《武林旧事》卷十），但不知是否叙事的说唱。绍兴间改造赚词的张五牛，据元人杨立斋的《哨遍》散曲说，他曾做《双渐苏卿》诸宫调（"张五牛创制似选石中玉"，见《太平乐府》卷九）。这是仅有的一部宋代作品名目，但原书已散失无存了。南宋的诸宫调流行以后，替元代南诸宫调播下种子。这

15

时,在金人统治的北方也还保存汴梁说唱诸宫调的风气,后来产生了另一系统的北诸宫调。

宋代诸宫调的歌唱是用鼓板一套乐器(有笛子),若不用鼓板,就敲盏(水盏)打拍(见《梦粱录》卷二十),唱者自己击鼓(《夷坚支志》乙集卷六)。

在金代产生了无名氏《刘智远》诸宫调和董解元《西厢记》诸宫调两部弘伟作品。金代诸宫调是从宋代诸宫调的基础上更加发展的。它的联套除一曲独用及一曲一尾外,又有二曲或多曲一尾(最多有十五首)的方式,如《西厢记》一八八套中四三套就是如此。这样,每套中曲数就增加了。宋代作品虽没有见到,但每部似不会太长,而《西厢记》就有一八八套,残本《刘智远》也有七五套。这两部都是词曲过渡体,它们和词曲各有同异的地方。和词相同的是:每首曲辞大抵有后叠(二叠、三叠至四叠),而曲通常是不用后叠(如果用也必改为独立的前腔或么篇);又"寒间"、"鸾端"、"先元"三韵可以通叶,而曲韵的"寒山"、"桓欢"、"先天"却不能通叶。和曲相同的只是其中一部分曲辞不用后叠。这说明它们是继承词的衣钵而向曲体发展的,是中期的诸宫调。所用的曲调除大曲、词调和宋金时流行的小乐曲外,又受了赚词巨大影响,它既袭用了初期赚词的缠达和大量的缠令,又用了后期赚词的"赚"。

这时作品的篇幅是异常弘伟的,除散文不计外,乐曲至少也在一百数十套以上。全书既长,就分成许多则,如《刘智远》就分为12则(《西厢记》经过明人改编,只分为两卷或四卷)。它的题材也和宋代说话相同,有小说(《双渐赶苏卿》等)、讲史(《三国志》等)、讲经(《八阳经》)三类,而以小说和讲史为主。

元代作品有商道(正叔)改编宋张五牛的《双渐苏卿》诸宫调

(《太平乐府》卷九杨立斋《哨遍》散套及《青楼集》)和王伯成《天宝遗事》诸宫调,但这两部元代初叶的作品都已散佚,只是后者还存有残文。就《天宝遗事》(赵景深辑)所存的55个整套看,其中有42套是用三曲至六曲构成,而最多用18支曲,这样,每套的曲数是比金代更多了。所用曲调和元曲完全一致,也全部不用后叠。这以曲调构成的后期的诸宫调,它与元散曲和杂剧的乐曲的联套完全一致。而商道改编《双渐苏卿》诸宫调的原因,从这儿也可得到说明。他因为那宋代旧本是以有后叠的纯粹词调所构成,而每套又很短,不合于实际歌唱,因而就改用没有后叠的纯粹曲调,增加套中曲数,适应当时歌女的需要。到了元代末叶,说唱诸宫调还有:赵真真、杨玉娥、秦玉莲、秦小莲四个专业的女伎艺人(《青楼集》),而胡正臣还能唱《西厢记》全部(《录鬼簿》),但已是稀有的事。因为元代乐曲的支配形式是演唱的杂剧,而诸宫调的说唱已处于从属地位了。

金元诸宫调的歌唱情形,在元石君宝《诸宫调风月紫云庭》杂剧和百二十回本《水浒传》第五十一回《插翅虎枷打白秀英》,都有具体的描绘。它是由说唱者自击锣和拍板打拍,和宋代用鼓板一套乐器不同。旁边又有以琵琶或筝的弦乐伴奏,这在杨立斋《鹧鸪天》词(《太平乐府》卷九)有明确的记载:"烟柳风花锦作园,烟芽露叶玉装船。谁知皓首纤腰会,只在轻衫短帽边。啼玉靥,咽冰弦,五牛身后更无传。词人老笔佳人口,再唤春风到眼前。"所以后来明清人称为"挡弹词"。

在元代曲分为南北时,诸宫调也有南北之分。南诸宫调是南宋诸宫调在南方播下的种子,以南曲构成。元《张协状元》南戏开场有末色所唱南诸宫调一段,是借它做"家门大意"用的。这段是用仙吕引子〔凤(奉)时春〕,不知宫调引子〔小重山〕,越调引子〔浪淘沙〕,不知宫调的〔犯思园〕、商调引子〔绕池游〕五曲相联,每首一韵。这是用各宫调的只曲构成的,不成为套曲,必是宋代诸宫调的最原始形式的残余物。

元杂剧兴盛后,说唱诸宫调的伎艺就日趋衰亡,到元末《西厢记》诸宫调已是"罕有人能解之者"(《辍耕录》卷二十七)。在明代它是死亡了的伎艺,即使如张元长所记他父亲幼时所见的"一人援弦,数十人合座,分诸色目而递歌之"(《梅花草堂笔谈》卷五),那只是偶一为之的自我作古,和金元时一人说唱的真实情形不合。实际上明代人连诸宫调的名称都不知道。如徐复祚《三家村老委谈》(《古学汇刊》"何徐曲论"本不分卷)称《西厢记》为"说唱本",已说不出它的本名。徐渭评本《西厢记》也称它为"弹唱词"。胡应麟《少室山房笔丛》卷四十一又说它是"金人词说",这又是以明代或元明的称谓硬加在诸宫调头上的。而王骥德《新校注古本西厢记》说它是"挡弹院本",更是捏造,他把诸宫调当作歌舞和调笑的杂耍看待了。

元代乐曲系讲唱文学,除诸宫调外,还有下列两类:

第一是"驭说"。王恽《秋涧先生大全文集》卷七十六《鹧鸪引赠驭说高秀英词》:

> 短短罗衫淡淡妆,拂开红袖便当场。掩翻歌扇珠成串,吹落谈霏玉有香。田(由)汉魏,到隋唐,谁教若辈管兴亡。百年总是逢场戏,拍板门锤未易当。

词为赞扬女伎艺人而作。第三句称赞她的歌唱,第四句称其讲说,明是有说有唱的讲唱文学。从下阕首二句知道所说唱的题材是讲史,并非是只说不唱的平话一类,因为前面既说明有歌唱,而下面又明说用"拍板门锤"来击拍。"驭说"未见其他文献,不详其意义。疑"驭"有驾驭意义,如《都城纪胜》所谓"驱驾虚声,纵弄宫调"。如解释不误,它也是用乐曲构成的。没有作品流传,不能说明它和诸宫调的同异。

第二是说唱货郎儿。所谓货郎儿是宋元以来往来城乡贩卖日用杂物和妇女用品及玩具的挑担小商贩,沿途敲着锣或摇着蛇皮鼓(以上见宋王明清《挥麈三录》卷二及元陶宗仪《辍耕录》卷八,孟汉卿《张鼎智勘魔合罗》杂剧首折等),唱着物品的名称,有叫声、吟哦的腔调,如宋代的各种叫声是"以市井诸色歌叫卖物之声,采合宫商,成其词也"(《梦梁录》卷二十)。后来所唱的调子定型化了,成为〔货郎儿〕或〔货郎太平歌〕、〔货郎转调歌〕的乐曲。如百二十回本《水浒传》第七十四回记货郎儿歌唱说:"众人看燕青时……扮做山东货郎,腰里插着一把串鼓儿,挑一条高肩杂货担子。诸人看了都笑。宋江道:'你既然装作货郎担儿,你且唱个山东〔货郎转调歌〕与我众人听。'燕青一手撚串鼓,一手打板,唱出〔货郎太平歌〕,与山东人不差分毫来。众人又笑。"从这项记载更可证明这曲调是由叫卖声调而来。但小说中没有记录歌词,不知道除叫卖物品外,是否也有抒情、叙事的歌曲。而〔货郎转调歌〕(〔货郎太平歌〕)则是山东职业货郎儿的创作,唱时以鼓、板节拍。这货郎儿自己所唱的乐曲,终于成为一般的曲调,隶属于正宫,应用于散套(见《乐府新声》卷下)及杂剧(杨显之《临江驿潇湘夜雨》及萧德祥《杨氏女杀狗劝夫》第二折各用一支)。而在杂剧中又可连用三支(明朱有燉《福禄寿仙官庆会》第二折)或九支(见同人

《关云长义勇辞金》第四折),叫"三转"或"九转";而每支句式又各有异同,所以又叫"转调"。至于元明无名氏《风雨像生货郎旦》第四折所用换韵的九支,是作为插曲夹在〔南吕·一枝花〕套中(和套中三支正曲不同韵),来表现说唱伎艺的,它和朱有燉作品完全不同。它成为固定的乐曲后,向着两方面发展:一是和舞伎等配合,成为宋明队舞、社火中的"货郎"(《武林旧事》卷二及《雍熙乐府》卷一、卷十三)或杂耍伎艺的"调百戏的货郎儿"(《金瓶梅词话》第八十八回)。另一是用〔货郎儿〕的民间乐曲和散说配合作为叙述故事之用,成为说唱货郎儿的伎艺。

说唱货郎儿也没有作品可见,只是从《风雨像生货郎旦》杂剧中间接地看到大概情形。剧中第四折记做场说唱云:

(副旦做排场敲醒睡科)诗云烈火西烧魏帝时,周郎战斗苦相持;交兵不用挥长剑,一扫英雄百万师。

这话单题着诸葛亮长江举火烧曹军八十三万,片甲不回。我如今的说唱是单题着河南府一桩奇事。(唱)

〔转调货郎儿〕也不唱韩元帅偷营劫寨,也不唱汉司马陈言献策,也不唱巫娥云雨楚阳台,也不唱梁山伯,也不唱祝英台。(小末云)你可唱什么那?(副旦唱)只唱那娶小妇的长安李秀才。

下面用〔货郎儿〕八支和散说夹说夹唱地叙述李彦和因娶娼妓张玉娥而家败人亡的故事。又〔梁州第七〕曲记说唱人张三姑的自述云:

>……又不会按宫商品竹弹丝,无过是赶几处热闹场儿,摇几下桑琅琅蛇皮鼓儿,唱几句韵悠悠信口腔儿。一诗,一词,都是些人间新近希奇事,纽捏来无诠次。倒也许会动的人心谐的耳,都一般喜笑孜孜。

又叙脚本的来源说:

>(副旦云)哥哥你放心。张懒古那老的为俺这一家儿这一桩事,编成二十四回说唱。

从上面看来,这是有说有唱,唱词用"货郎儿"曲九支,做场时打着摇鼓,开呵时有定场诗,全部有二十四回:这些都和一般讲唱文学符合。唱的〔货郎儿〕是当时民间流行乐曲,全部都用这一乐曲,所以叫"货郎儿"。正如现在江苏流行的"卖梨膏糖"是因为全部用卖梨膏糖所唱的调子而得名。〔转调货郎儿〕九支都是长短句式,所以它不是诗赞系统,而是乐曲一系的。又和鼓子词一样,始终用同一调子。又每首一韵,是联合同调的只曲构成,不成为一套,和赚词、诸宫调以同一宫调的若干不同调子联成一套的情形不同,更不像诸宫调联合许多套曲构成全部。所以它是民间流行的小型的讲唱文学的形态。乐曲虽然简单,但很朴素,又便于歌唱,只用打击乐器的鼓击拍,不用管弦伴奏,虽然是只可节拍不能节制旋律,但这正是民间音乐的特色。又第四折〔一枝花〕曲说:"虽则是打牌儿出野村,不比那吊名儿临勾肆。"是不入勾阑做场,只在农村中"赶几处热闹场儿",确是元明间流行于农村的民间伎艺,和市民及士大夫阶层所喜悦的诸宫调是迥异其趣的。而从事说唱"货郎儿"的人,反而被当时市民贱视,如剧中破产的当铺主人李彦和知道家中乳母张三姑以唱"货郎儿"为生,认为这贱伎是辱没家门,所以剧中第三折李彦和的白说:"我是有名的财主,谁不知道李彦和名儿?你如今唱货郎儿,可不辱没杀我也!""我与人家看牛哩,不比你这唱货郎儿的生涯这等下贱!"

明代的乐曲系讲唱文学虽有下列三类,然而它们本身都不是属于乐曲系讲唱文学范围以内,而是属于诗赞系讲唱文学或一般的乐曲,但其中又有一两种作品或伎艺却又是用乐曲和散文构成的叙事的讲唱文学。

第一是陶真。它是从宋代到清代一直流行的南方的讲唱伎艺,而韵文一般也是用诗赞(详下节)。但在明代万历(1573—1602)前后,又产生了用乐曲的陶真,这只有明万历、崇祯间人秦淮墨客辑的《陶真选粹乐府红珊集》一部作品。这书是十多年前友人李家瑞先生在杭州书肆发现,因缺首册没有买回。据他说,原书计四册,十六卷,选录当时流行的说唱陶真若干种;其中的乐曲是用南北曲,类似后来有曲牌的吴音系弹词,和通常用诗赞体的陶真不同(见1937年6月17日《图书评论》)。把宋代以来所用的七言诗赞改为流行的南北曲是受了当时乐曲影响而发展的,这是由单纯形式到复杂形式的发展。《陶真选粹》的编者秦淮墨客是纪振伦的别署。振伦字春华,里贯和生平都不详,著有:《七红宝钏记》、《八黑剑舟记》、《武侯七胜记》、《葵花记》、《西湖记》等传奇,又曾修订《杀狗记》、《霞笺记》、《八义双盃记》传奇及《杨家府演义》小说,也是明代从事俗文学的文人。

第二是叙事乐曲道情。道情本是道士所唱的宣传、歌颂道教或道家思想的乐曲。唐代已有"九真"、"承天"等道曲(《唐会要》

卷三十三)及募化的道情(段常《续仙传》记蓝采和持拍板唱"踏踏歌")。宋代又创制了渔鼓(《宣政杂录》),为道情的主要打拍的乐器。宋金元时,一方面有道士和文人作的词或散曲的道情,一方面又有道士和乞食者的通俗宣传的道情。以上这些都不是叙事的道情。叙事的道情在明代才流行,主要的是叙述道教故事,作为劝世的说教。这类如李翊《戒庵老人漫笔》卷五所说的《蓝关记》词说(详下),《金瓶梅词话》第六十四回所记两个唱道情的搗刺小子唱《韩文公雪拥蓝关》和《李白好贪杯》(但唱者已由道士变为歌童),这几种虽是叙事的,但未见作品,不知道韵文是用诗赞或是乐曲。现存两种明代《庄子叹骷髅》作品就不相同:一是用诗赞(详下),而另一是用乐曲。明末清初丁耀亢的《续金瓶梅》第四十六回(排印删节本)录道士说唱的《庄子叹骷髅》一篇,叙庄子救活骷髅武贵后反遭诬陷,他又以法术使骷髅复现原形。篇中除散文说白外,有韵文十段,未注曲牌,似非诗赞助。查首段引子是〔鹧鸪天〕,第二、三、五三段是袭用张禄《词林摘艳》丙集明吕景儒原作宁斋增补的《庄子叹骷髅》〔般涉调·哨遍〕散套内〔二煞〕至〔四煞〕三支,其余六段的句式也确是同调曲子。但前面既没有〔耍孩儿〕,每段用韵又不一致,可证不是套曲,而是联合小令构成,又误以〔煞〕曲为〔耍孩儿〕。清黄文旸《曲海目》(附于《扬州画舫录》卷五)著录清无名氏《蓝关道曲》一种,下注:"皆〔耍孩儿〕小调"。这是用〔耍孩儿〕小令组成的乐曲系道曲叙事道情(《曲海目》虽列于传奇类中,但既名为道曲,似不会为代言体的戏曲)。《续金瓶梅》虽作于清初,但道情中已有袭用旧曲之处,必是传唱很久而又常有修改的本子,丁耀亢就是据这类本子迻录的。明天启时已有杜蕙改编的另一部诗赞本(详下),间接可以说明这本的来源也不会很晚。又日本《舶载书目》著录明紫微山主人云霞子辑《新镌龙项义释说唱十二度韩门(湘)子》四卷,也是讲唱的道情,疑是乐曲系作品。说唱道情用渔鼓、简板节拍,也是不能节制旋律的,乐调也就单纯。

以上两类乐曲是以南北曲或纯北曲构成。

第三是叙事莲花落。它是源出隋末唐初僧侣募化时所唱的〔落花〕曲子(《续高僧传》卷四十),唐五代时叫〔散花乐〕,在《敦煌杂录》下辑中还保存三篇,都是宣传佛教教义的。到宋代才有贫人歌唱(《罗湖野录》卷二),成为乞食词的莲花落。在元代流行很盛,元人杂剧如《杜蕊娘智赏金线池》、《李亚仙诗酒曲江池》等都有记载,特别是〔四季莲花落〕一类在元明间最为流行,如朱棣御制《诸佛名经》及《名称歌曲》两书中收有〔四季莲花落〕的佛曲二百五十四支,而朱有燉《李亚仙花酒曲江池》及徐霖(?)《绣襦记》第三十一出《绣襦护郎》也各有〔四季莲花落〕。此外在天然痴叟《石点头》卷六《乞丐妇重配鸾俦》及周履靖《锦笺记》第十一出《诒婚》也录有明代莲花落的样品,而后者还有各种名目:

> (小旦)要打,你晓得什么?(净)《三贞九烈》、《二十四孝》、《十二月花名》。(丑)还有新编《好姻缘恶姻缘》。(旦)就把新编的唱一唱。

下面记有《好姻缘恶姻缘》的歌词,它和上列各种都不是叙事的莲花落。

从一般莲花落的基础上又产生了明代叙事莲花落一类。凌濛初《南音三籁》卷首载《谭曲杂剳》论明代作曲的现象说:

> 元曲源流,古乐府之体,故方言成语沓而成章……一变而为诗余集句……再变而为《诗学大成》……忽又变而"文词说唱",胡诌莲花落,村妇恶声,俗夫亵语,无一不备矣。

其中第三项是指措辞通俗一类的曲,比拟为他所鄙视的"文词说唱"的莲花落。按明人所谓"文词说唱"实际就是词话、弹词(详下)的讲唱文学。这类说唱有用莲花落乐调的,如《琵琶记》第十七出《义仓》所记"陶真"就用这调子。而莲花落也可做叙事之用。明代叙事莲花落,所见的只有一例,即万历间无名氏《鸣凤记》第二十三出《拜谒忠灵》中外色胡义扮乞丐所唱的一段。清代有百本张抄本的《摔镜架》等(《北平俗曲略》),且演变为演出的戏曲和叙事的太平歌词、竹板书的伎艺。直到现在北方传唱的"什不闲"中还有半叙事半代言的莲花落歌唱着。这类叙事莲花落通常不用散说,和子弟书及牌子曲相同,也是讲唱文学的附庸。它通常虽是用七言诗赞,但歌唱时有特殊腔调及和声,仍是乐曲一类,但比其他乐曲简单。它和元代货郎儿同是用俗曲,而与明代用南北曲的陶真是不同的。

三、诗赞系讲唱文学（上）：涯词和陶真

诗赞一系是直接继承唐代俗讲偈赞词的衣钵，一直流传到现在。宋代诗赞系讲唱文学有"涯词"和"陶真"两类。它们都没有作品流传，只能据文献作间接考察。西湖老人《繁胜录》（《涵芬楼秘笈》三集本，不分卷）记临安瓦市伎艺说：

> 唱涯词只引子弟，听陶真尽是村人。

这简略的两句话还是宋代文献中仅存的一条。他并未说明两种体制和题材的差别，只是说陶真的听众是农民，而涯词是子弟。但意味着他的语言，似说涯词题材偏重男女相恋的烟粉、传奇的故事而文词或稍雅驯，所以为城市中"郎君子弟"们所喜；而陶真的题材和文词更为通俗，因而为农民所爱好。下面分别说明两者情形。

涯词又作"崖词"，是由于记音字而生的字形差异。它并见于耐得翁《都城纪胜》和吴自牧《梦粱录》两书的傀儡戏项下。《都城纪胜》说：

> 凡傀儡敷衍：烟粉、灵怪故事、铁骑、公案之类。其话本或如杂剧，或如崖词。

《梦粱录》卷二十云：

> 凡傀儡敷衍：烟粉、灵怪、铁骑、公案、史书——历代君臣将相——故事。其话本或讲史，或作杂剧，或如崖词。

两书所述大体相同，说傀儡戏的话本，有的如说话人讲说的讲史书（题材），有的同宋代杂剧（杂戏）用词调，有的用涯词（后两项指唱词）。涯词虽没有发现例证，但据宋代影戏词、傀儡戏词可以推断大概。影戏唱词是用六言或七言的诗赞词：《张协状元》南戏中有保存影戏词原来句式的〔大影戏〕的牌子，就是用六、七言的诗赞；张戒《岁寒堂诗话》卷上说《中兴碑诗》为"弄影戏语"，是兼指措辞和七言句式。傀儡戏所用的涯词也是以七言诗赞为主，如《西厢记》诸宫调卷四〔傀儡儿〕两支就是如此，它和陶真同属诗赞系统。但傀儡戏所用的唱词是有词调和诗赞两类，所以《梦粱录》分别说明。又《梦粱录》卷二十说影戏"立讲无差"，是且说且唱的。疑涯词也和影词同是讲唱的。按傀儡戏既是戏曲，所用的底本应该是"剧本"或"脚本"，不应称为话本。它所以称为话本，是因为它的本子不是用第一人称代言体的剧本，而是用第三人称的叙事体。这说明傀儡戏虽是演出的戏曲，但仍然用说唱的本子，这和后来演唱的滩簧、影戏的一部分脚本用叙述体完全相同。《都城纪胜》等书所说傀儡戏用涯词，只是说采用涯词的腔调句式和体制，而两者并非一物。

宋代陶真既然为农民所爱好，其来源也当是产于农村。陆游《陆放翁诗集》前集卷九（《剑南诗稿》列卷三十二）《小舟游近村三首》之三云：

> 斜阳古柳赵家庄,负鼓盲翁正作场。死后是非谁管得,满村听说蔡中郎。

诗作于庆元元年(1195)居故乡山阴时,所记也是山阴农村的事。盲翁所说的故事就是南戏《赵贞女蔡二郎》和《琵琶记》的先河。诗未明说是陶真,这浙东的民间伎艺和临安市中流行的疑是一物。果是如此,陶真当是产于农村,后来才流入城市的。这诗所记正是当时说唱陶真的具体情形,和明代城市中的盲女弹琵琶唱陶真稍有差别。

陶真的具体例子,现在所见的资料都是元明人的记载。第一是元末高明《琵琶记》(《六十种曲》本)第十七出《义仓》的净丑对白:

> (净)……大的孩不孝不义,小的媳妇逼勒离分,单单只有第三个孩儿本分,常常将去了老夫的头巾,激得老夫性发,只得唱个陶真。(丑)呀!陶真怎的唱?(净)呀!到被你听见了。也罢,我唱你打和。(丑)使得。(净)孝顺还生孝顺子,(丑)打打哈莲花落。(净)忤逆还生忤逆儿,(丑)打打哈莲花落。(净)不信但看檐前水,(丑)打打哈莲花落。(净)点点滴滴不差移!(丑)打打哈莲花落。

第二是明郎瑛《七修类稿》卷二十二所记:

> 闾阎淘真之本之起,亦曰:"太祖、太宗、真宗帝,四祖仁宗

有道君。"国初瞿存斋(佑)过汴之诗有:"陌头盲女无愁恨,能拨琵琶说赵家。"皆指宋也。

第三是明周楫《西湖二集》卷十七《刘伯温荐贤平浙》的入话:

> 那陶真的本子上道:"太平之时嫌官小,离乱之时怕出征。"

前面三例,《七修类稿》和《西湖二集》所记是陶真的一般情形,而《琵琶记》一例最为特别。据第一例,陶真是:(一)除七言诗赞外,又有莲花落的和声,因此发生了陶真和莲花落是一是二的问题。(二)它是七言四句的简短的劝世歌,不是叙事的,又没有散说,因此又可肯定它不是讲唱文学。关于第一点的答复是:陶真和莲花落不是一物,只是陶真借用莲花落的歌唱,即借用它的腔调及和声,正如陶真也可借用南北曲一样(见上节引《陶真选粹》)。我们从下面将可知道陶真的常型是七言诗赞,并不用和声,《琵琶记》一例只是借用而已。在民间伎艺中,假借、袭用,本是常见的事,如《张协状元》南戏开首借用诸宫调,现在的大鼓插用皮簧腔调。这都是由于民间伎艺人为了达到他们歌唱的新颖和变化的目的而互相模仿、吸收所生的结果。陶真所以借用莲花落,也不外由于模仿或吸收。关于第二点是:从下面可以知道陶真在明代确是叙事的讲唱文学,而《琵琶记》所引是非叙事的短歌,所以它也如赚词一样有叙事和非叙事两类。但它在戏曲中只是作为净丑的诨唱,和声或是因为对唱加入的。

据第二、三两例,可以确信陶真是用七言诗赞。《西湖二集》所引的两句当是陶真中常见的句子。《七修类稿》改作"淘真"也是因记音之字,故无定形。所引唱词两句是每本开头例用的话,和后来纯韵文叙事唱本中所用"自从盘古开天地,三皇五帝定乾坤"完全相同。这证实陶真确是叙事的,因为这两句是叙事的开端,藉以引起下面所要叙述的故事。再据《西湖游览志余》卷二十"唱古今小说、平话",《留青日札》"自幼学习小说、词曲",《蓉塘诗话》卷二"演说古今小说",更可说明是叙事的,又和后世弹词同是以唱为主的。以上从明代文献间接证明宋代陶真的体制和句式。

上面所引《繁胜录》是记载南宋时的陶真,而明人却以为早在北宋汴京时已有陶真的。田汝成《西湖游览志余》卷二十记明代陶真说:

> 杭州男女瞽者,多学琵琶,唱古今小说、平话,以觅衣食,谓之陶真。大抵说宋时事,盖汴京遗俗也。瞿宗吉〔佑〕《过汴梁》诗云:"歌舞楼台事可夸,昔年曾此擅繁华。尚余艮狱排苍昊,那得神霄隔紫霞。废苑草荒堪牧马,长沟柳老不藏鸦。陌头盲女无愁恨,能拨琵琶说赵家。"其俗殆与杭无异。

后来清翟灏《通俗编》卷三十一又转引这条,也断定起于北宋;而明蒋一葵《尧山堂外纪》(卷帙待检),清褚人获《坚瓠九集》卷一,又是转录田氏所记。按"汴京遗俗"的说法虽近于悬测,但陶真的伎艺既流行于南宋的临安,不能说北宋的汴梁没有流行的可能。

至于涯词和陶真名称是宋代的阛阓间流行的市语,不知道得名的缘故,不能妄加说明,姑且存疑。这类市语本是随时改变,在当时虽有解说,但到后世失去命名意义就要隐晦了。而它们不易解释也不下于经典,经典方面还有训诂做依据,宋元的方言、市语是全靠例证来说明;而这两个名称到现在还没有发现例证。

陶真在元代,只有《琵琶记》一例,但又是非叙事的借用莲花落的和声的。

它在明代就很流行,特别是南方的杭州。除上引诸书外,又田艺衡《留青日札》(《纪录汇编摘钞》本列卷二,非原书面目)记杭州盲女说:

> 曰瞎先生者,乃双目瞽女,即宋陌头盲女之流。自幼学习小说、词曲,弹琵琶为生。多有美色,精伎艺,善笑谑,可动人者。……

虽然没有明说是陶真,但所记为杭州事必是陶真无疑。据田氏父子的记载,这时是以琵琶伴奏,说唱的瞽者男女都有,但以盲女为多。如果陆游的诗确是指宋代陶真,它这时和宋代就显然不同了。它长期流行城市以后,就改变了朴素风格:由打击乐器的鼓改为节制旋律的弦乐;由盲翁渐改为盲女,而且又色艺并重。这时它并非以农民为对象,而是以市民甚至"大家妇女"(见《留青日札》)做听众了。

这时的唱词也有两种不同的变化:一方面是把原有的诗赞改为南北曲,如纪振伦所辑《陶真选粹乐府红珊集》,这在形式上是由简单趋于复杂的发展,但主要的是歌唱方面受了流行乐曲的影响。另一方面是把陶真本子的诗赞删除,成为阅读的散文小说。《西湖游览志余》卷二十说:

> 杭州男女瞽者，多学琵琶，唱古今小说、平话，以觅衣食，谓之陶真。……若《红莲》《柳翠》《济颠》《雷峰塔》《双鱼扇坠》等记，皆杭州异事，或近世所拟作者也。

这几种明人的"近世拟作"，通常认为是散文本，但细看《志余》全文是指瞽者说唱陶真的本子，而陶真本子据《七修类稿》和《西湖二集》的例证确是用七言诗赞的。上列的五种名目中的《济颠》疑是晁瑮《宝文堂书目》中《红清难济巅》，但已经散佚，不知道它的文体。其余现在都有传本，如：《清平山堂话本》和《古今小说》三十卷《五戒禅师私红莲》，《古今小说》二十九卷《月明和尚度柳翠》，《警世通言》二十八卷《白娘子永镇雷峰塔》，熊龙峰刊本《孔淑芳双鱼扇坠传》四种，都是散文本，自然不是盲女弹唱的诗赞本子。而这类散文本正是由说唱的陶真本子改编的，也如《贩香记》词话和《苏知县报冤》唱本改为散文小说（详下）一样。这是由于改编的文人鄙视民间说唱陶真的本子而奋笔删削的，如绿天馆主在《古今小说叙》所说："然如《玩江楼》、《双鱼坠记》等类，又皆鄙俚浅薄，齿牙弗馨焉。"据上述，这《双鱼坠记》最初便是陶真本子。他们认为用通俗诗赞的唱词是鄙俚的，要改为适合士大夫和市民口味的散文小说。

到清代中叶，陶真还在杭州和南京流行。李调元《童山诗集》卷三十八《弄谱百咏》（嘉庆四年，1799年作）之十三云：

> 曾向钱塘听琵琶，陶真一曲日初斜，白头瞽女临安住，犹解逢人唱赵家。

题作:"闻书调一名陶真。"按"闻书调"名称很新奇,未见清人记载。据范述祖《杭俗遗风》杭州称弹词叫"文书",现在两浙也有同样名称,如"四明文书"就是宁波弹词。这"闻书"必是"文书"的误写,正和诗中误"八角鼓"为"芭蕉鼓"是一样的。又捧花生《画舫余谈》(不分卷,嘉庆二十三年,1818年作)记南京孔庙前百戏说:

> 起泮宫(孔庙)前至棘院(贡院)止,值晴明,百戏具陈,如:……三棒鼓,十不闲、投狭、相声、鼻吹、口歌、陶真、撮弄丸,可以娱视听者,翘首伸颈,围如堵墙。

按李诗所指确是弹词无疑,但《余谈》所指却不明白,但也不外弹词或纯韵文的唱本。陶真和弹词同是用七言诗赞的讲唱文学,两者只有名称的差异。据上列史料,陶真是宋明间南方的江南和两浙一带称讲唱技艺和文学的名称,清代只偶一使用;而弹词是从明代嘉靖(1522—1566)间到现在江浙一带称讲唱技艺和文学的名称(见下);但在明代还未统一,清代就用弹词专指南方的讲唱文学。就历史的发展说,宋明的陶真是弹词的前身,而明清的弹词又是陶真的绵延,两者发展的历史是分不开的。

宋代虽有种种名称不同的讲唱文学,但并没有一种叫"词话"的。然而明末和清初人却以为宋代有词话的名称。如明钱希言《桐薪》卷三说:"宋朝词话《灯花婆婆》第一回载:'本朝皇宋出三绝。'"(清吕种玉《言鲭》卷上文略同)又钱氏《狯园》卷十二《二郎庙》条说:"宋朝有《紫罗盖头》词话,指此神也。"清初钱曾《也是园书目》卷十著录《灯花婆婆》等"宋人词话"十二种。据这三项记载,似乎宋代又确有词话的称谓,然而经过仔细考察,却不能轻易相信。按《紫罗盖头》和《灯花婆婆》两篇话本在明末清初间还存在(除上引文献外,又见明李日华《味水轩日记》和杨定见一百二十回本《水浒传发凡》、冯梦龙《新平妖传》首并引入《灯花婆婆》),所以钱曾能收藏著录。但是这话本是否明题"词话"? 又是否确为宋本所有? 那是很可疑的。以明刊宋人话本为证,其中并没有注明"词话"的。《醒世恒言》三十三卷《十五贯戏言成巧祸》只注"宋本",《警世通言》七卷《崔待诏生死冤家》和十四卷《一窟鬼癞道人除妖》也只题"宋人小说"。即使注明是词话也不能证明确是宋人所注,如《也是园书目》明题"宋人"显然是宋以后人所加。而最主要的是宋代并不用这个名称,宋人记载说话和诸杂伎的书,如《东京梦华录》《都城纪胜》《繁胜录》《梦粱录》《武林旧事》《醉翁谈录》中都没有说唱词话一项的伎艺名称。考词话名称的使用是始于元代(见下节),元明两代最为通行。因此,可证所谓"宋人词话"决非宋人的自称,而是明清时人以元明两代沿袭的名称加于宋人话本之上。这虽然不是钱希言和钱曾二人的杜撰,但也确未考实。

  在元明文献中,又有说宋金时有"词说"的称谓。如元陶宗仪《辍耕录》卷二十五说:"宋有戏曲、唱诨、词说。"明胡应麟《少室山房笔丛》卷四十一说:"元人杂剧之类戏文者,又金人词说之变也。"按词说的名称也是始见于元代文献,元明人偶然有用它代替词话的,但也不见于宋金文献中。陶氏所指,不知道是哪一类,疑是指小说;而胡氏确是指诸宫调,这是由于明人已经不知道诸宫调的本来名称,就把元明流行的名称加于前代的。

  上述两项虽似名实的争辩,但如不指出明清文人混用类别不同历史不同的讲唱文学的名称,不仅混淆了它们的历史,也混淆了含义。如元明人所用的词话、词说的"词",是和明清的弹词、鼓词的词相同,主要是指诗赞词。要依据钱希言和胡应麟的用法,那就是指用词调的话本和用曲调的诸宫调了。

四、诗赞系讲唱文学（中）：词话

词话是元明时称讲唱文学的名称，它除了增加十字句外，和陶真并没有什么不同。它在元明时最为兴盛，到了明末就分化为鼓词、弹词两类。

词话一名也和上述其他讲唱文学一样，本是伎艺名称，后来才成为体裁或类别的名称。如《元史》卷一百五所谓"演唱词话"，明徐渭《徐文长佚稿》卷四所谓"弹唱词话"，都是指伎艺而言；而《大唐秦王词话》就是指类别，表示它和散说的评话的区别。至于《辍耕录》卷二十五所说的"词说"，是和词话意义相同。

词话的韵文唱词是以诗赞为主，如散见元杂剧中的元代词话，明诸圣邻《大唐秦王词话》和杨慎拟作的《历代史略十段锦词话》，就是用七言和十言诗赞的。所以词话和明清弹词、鼓词的"词"的意义完全相同。但这称诗赞为"词"的，也不始于元代词话，唐五代俗讲中的《季布骂阵词文》、《后土夫人词》的"词文"或"词"，就是指诗赞词而言。

然而明清人既误会宋代讲唱短篇小说为词话（见前），以致后人根据这种错误又误认词话的词是专指诗余的词。如王国维《观堂别集补遗·大唐三藏取经诗话跋》说："以其中有诗有话，故得此名；其有词有话者，则谓之词话。"这是以诗词对举，他所谓词便是指诗余的词。错误的根源是从钱曾《也是园书目》"宋人词话"而来。但是词话的词,也不摒弃诗余的词,如《历代史略十段锦词话》每段开首就有〔临江仙〕、〔西江月〕等词调。所以词话的词是应作"文词"或"唱词"的广义解释,既有诗赞词,也有各种乐曲词,但应以诗赞词为主。

其次是它和"诗话"、"评话"的关系和区别。所谓诗话,只有元刊《大唐三藏取经诗话》一种。它所以称为诗话是因为书中有不少的诗,而这类诗又是通俗的诗赞。所以它和词话中诗赞体是同类,应属于词话范围,并非和词话对立的另一种。这书也并非如一般人所说是小说一类,而是仅存的一部讲经作品。评话是以历史故事为题材的,如明蒋大器《三国志演义序》所说:"前代尝以野史作为评话",就说明它的题材和小说不同。元杨维桢《东维子文集》卷六《送朱女史桂英演史序》说:"演史于三国、五季,因延致舟中,为予说道君艮岳及秦太师事。"这又具体地说明讲说《三国志》、《五代史》和宋徽宗花石纲、秦桧东窗事犯等故事是属于演史一类;而今存的元刊《武王伐纣平话》等五种及《五代史平话》(非宋刊)的讲史又明题为平话,更有力地说明评话是以讲史为限。所以元代称为评话的和宋代说话的讲史一家是完全一致的。评话的"评"是评论、批评的评,用诗文来批评史事;而元人写作"平话"是省笔画的简写。评话是从元代以来就以散说为主,它的话本也以散文为主(其中插用的韵文是念诵而非歌唱的),和讲唱文学的词话是显然不同的两类。直到现在江南、两浙还是称散说的评话为"说大书",而称有说有唱的弹词(词话的嫡系子孙)为"说小书",正是元明评话和词话分别的具体说明。元明两代评话虽是以讲史为限,但到清代除了讲史以外,又加入小说的公案、灵怪等类,这虽是沿用元代的称谓,内容却已有变化了。诗话、评话也不见于宋代文献,它们和词话同是起于元代的。

把元明的词话和宋代小说一家相比,虽然两者大体是一致的,但体制长短,题材和唱词形式却各不相同:(一)宋代小说全是短篇讲唱文学,元明词话虽也是讲唱文学,但其中只有短篇的《快嘴李翠莲记》和叫做陶真的《红莲》《柳翠》等四种原文和宋代小说相当;经过明人改编的一般的短篇散文小说,就不是讲唱的词话了。而词话中又有《水浒传词话》等长篇的,它和宋代短篇小说不同。(二)宋代小说专以一人一事的故事为题材,元明词话中只有上列五种短篇和宋小说相同,而以李世民和唐代史事为题材的《大唐秦王词话》,以历代史事为题材的《十段锦词话》,相当于宋代讲史,不是小说。(三)现在所见的宋代小说的韵文唱词都是用词调的乐曲,而元明词话是以诗赞为主体。末了一项是两者最大的差异所在。明清人把两者视为一物,便是由于不明白这几方面的不同所致。虽然两方面有上列几项不同,然而两者都是讲唱技艺或文学,彼此不能完全绝缘,而是必有传承的关系。从上列几项差异明显可以看出,宋代讲唱的小说发展到元明词话阶段时,已有下列的种种变化:在篇幅上是由短篇发展为长篇;题材是由一人一事的故事进展到讲史的范围;在文体上是把一部分散说的讲史韵文化,又把讲唱的小说散文化,而唱词由于词调已经不能歌唱就改用通俗的诗赞。

词话名称的使用是开始于元代,首先见于元宗颜纳丹等纂《通制条格》卷二十七《搬词》:

> 至元十一年十一月中书省大司农司呈:河南河北道巡行劝农官申:顺天路东鹿县镇头店聚约伯人,搬唱词话。社长田

秀等约量断罪外,本司看详:除系籍正式乐人外,其余农民、市户、良家子弟,若有不务正业,习学散乐,搬唱词话,并行禁约。都省准呈。

至元十一年是元世祖前至元甲戌(1274),那时已有词话的名称,而词话的搬唱是在大都附近的农村中。这禁令又见于《元史》卷一百〇五《刑法志》第五十三《刑法》(四)禁令:

诸民间子弟,不务生业,辄于城市坊镇,演唱词话,教习杂戏,聚众淫谑,并禁治之。

从禁令中可以窥见元初词话流行的情形:小市镇的镇头店搬唱词话一次,听众竟达百人之多,可见当时民间对词话的爱好之深。

元好问《遗山先生文集》卷三十六《杨叔能小亨集引》论作诗禁忌俚俗,举了两项具体例子:

无为琵琶娘"人""魂"韵词,无为村夫子兔园册子。

按诗韵"人"字属"真"韵,"魂"字属"元"韵,而弹琵琶说唱的人把两部不同的韵混押起来。琵琶娘便是以说唱为职业的妇女,所唱的"词"或是歌曲,或是通俗的词话。又雪蓑钓叟夏庭芝《青楼集》(不分卷)记伎女时小童伎艺说:

善调话——即世谓小说者——如丸走坂,如水建瓴。

按"调话"疑是"词话"的形误,而下面所说正是形容说唱词话流利的神情。元好问所记是金末元初的事,夏庭芝所记是元末事。因此,可以说明从元初到元末词话是一直流行着。

可是元代词话也无完整的作品可见,但却有不少间接资料。

第一是散见于杂剧中的元代词话。杂剧中常有整段的七言或十言(间用五言、八言、九言等杂言)诗赞体的唱词,或用"诗云"、"词云",或是"诉词云"、"断云"。它的作用主要是叙述和总结,其次是形容。如《张鼎智勘魔合罗》第三折"旦诉词云":

> 哥哥停嗔息怒,听妾身从头分诉:李德昌本为躲灾,贩南昌多有钱物;他来到庙中困歇,不承望感的病促,到家中七窍内迸流鲜血,知他是怎生服毒?迸入门当下身亡,慌的我去叫小叔叔。他道我暗地里养着奸夫,将毒药药的亲夫身故。不明白拖到官司,吃棍棒打拷无数。我是个妇人家,怎熬这六问三推,葫芦提屈画了招状。我须是李德昌绾角儿夫妻,怎下的胡行乱做?小叔叔李文道暗使计谋,我委实的衔冤负屈。

又《临江驿潇湘夜雨》第四折张天觉的白:

> ……一者是心中不足,二者是神思恍惚,恰合眼父子相逢,正诉说当年间阻,忽然的好梦惊回,是何处凄凉如许?响玎珰铁马鸣金,只疑是冷飕飕寒砧捣杵,错猜做空阶下蛩絮西窗,遥想到长天外雁归南浦;我沉吟罢仔细听,原来是唤醒人在风骤雨。我对此景无个情亲,怎不教痛心酸转添凄楚!孩儿也你如今在世为人,还是他身归地府?也不知富贵荣华?

也不知遭驱被掳？白头爷孤馆里思量：天那！我那青春女在何方受苦？我分付兴儿来：你休要大惊小怪的，可怎生又惊觉老夫！

其中虽有不少杂言，但基本上是以七言句为主。又三、三、四的十言，在第一例有三句，第二例有六句，此外还有全部用十言的，如《醉思乡王粲登楼》第四折蔡相词云，《王月英月夜留鞋记》第四折词云等。这类十字句通常以为始于俗讲，其实习见的几十卷俗称中并没有这句式，而是始见于元杂剧中词话的。它是明代词话、宝卷"攒十字"的始祖。

这类七言或十言诗赞的词话，明是被戏曲吸收去的，而词话的盛行据此更可证实。现存元及明初杂剧144本，极大多数是有词话的。姑以最能通行的《元曲选》为例，100种中有词话的计92种（未用的只8种），占90%以上。92种内每种都不只一见，每折也不只一处，共计有188处。它们的分布是：（一）仅见于一折的，计57种，65处；（二）全剧的剧中和剧末都有的，计34种，121处；（三）散见于全剧中间两折的只有1种，2处。而最值得注意的是：见于全剧之末的第四折或第五折的，计有87种，119处（在其他各折的只有69处），占60%以上。这全剧末引用词话的风气，在明代永乐、宣德间（1403—1435）朱有燉著杂剧时还继续用。他在剧中都注明"念云"，可证元剧中的词话也是干念的。

从上面的统计，发生了下面两个问题：元杂剧中引用词话何以这样多？叙述体的词话如何侵入代言体的戏曲中？而这两个问题又是联系着的。民间文学和伎艺互相借用虽是常事，但像词话这样大量被杂剧所借用，却和一般情形两样。所以，这不只是借用，而两者必然是有传承和发展的关系存在着。叙述体的词话和代言体的戏曲的分别虽然十分明显,但两者并不是绝缘的。如上述宋代傀儡戏虽是戏剧,而脚本却是用叙述体的涯词。按宋元南戏和元杂剧本是从说唱诸宫调及词话改变而来(演出又受影戏等影响),其中保存许多变而未化的叙述体的遗迹。如南戏的"家门",杂剧的最后当场脚色置身剧外的叙述(《承明殿霍光鬼谏》第四折),探子的报告(《汉高皇濯足气英布》第四折)以及说话人口吻的保留等等。这类僵化了的化石说明戏曲是从叙述体的说唱发展而来的有力证据。元杂剧中大量应用叙述体的诗赞证明它是从词话而来,所以保存了所由蜕化而来的词话成分。而《通制条格》和《元史》的《禁令》不称"说唱词话",而说"搬唱词话"、"演唱词话"也必有缘故。所谓"搬"和"演"明是戏曲的演出,然而又不说"搬唱杂剧"而说词话,是说虽是戏曲的演唱而仍沿用词话的名称不改。按元杂剧的兴盛是元贞大德间(1295—1307)的事(明钞本《录鬼簿》附贾仲明吊词),在至元时(1264—1294)方产生不久,所以仍然袭用词话旧称,而杂剧由词话蜕变而来又是确然无可置疑。至于全剧之末应用最多,是由于利用词话作为全剧结束之用,而这用长篇诗赞作结束也必是因袭词话固有的习惯。这儿只附带叙述杂剧由词话蜕化的涯略,主要是以元剧中例证说明元代词话流行之盛。

杂剧中除说白外,曲文中也常常引用词话的唱文。关汉卿《赵盼儿风月救风尘》第三折〔滚绣球么篇〕曲云:

> 那唱词话的有两句留文:"咱也曾武陵溪畔曾相识,今日佯推不认人。"

曲文引词话原有文句,所以诗赞体的句式也显然可见。元明杂剧中还有:戴善甫《陶学士醉写风光好》第三折〔滚绣球〕曲:"咱正是武陵溪畔曾相识。"吴昌龄《花间四友东坡梦》第二折〔乌夜啼〕曲:"你与我武陵溪畔曾相识,今日佯推不认人。"又第四折白云:"武陵溪畔曾相识,今日佯推不认人。"王子一《刘晨阮肇误入桃源》。第三折〔耍孩儿〕曲:"我和他武陵溪畔曾相识。"李唐宾《李云英风送梧桐叶》第一折〔寄生草〕曲:"多管是武陵溪畔曾相识。"以上五例虽没有明说引自词话,但据关剧曲文可知确出同一来源。按元曲中武陵溪的故事,实是刘阮遇天台二女事(见《裴少俊墙头马上》第一折〔赚煞〕,《风雨像生货郎旦》第三折〔随尾〕和《北词广正》谱卷三引今本所无的《留鞋记》〔醉扶归〕曲),而非陶潜《桃花源记》武陵渔人事。本事既是煊赫,所以常被引用,成为恒言。至于所谓"留文",本无深意,只是说这两句是词话中常用而留在人们口头上的成语。但日本人却别有解释:青木正儿《中国文学发凡》(郭虚中译本一六五面)说:"于说话的主要处及篇末引诗之两句或四句。"京都帝国大学《东方学报》第十二册第二分别册吉川幸次郎等《读元曲选记》(四)说:"案今所传宋元小说,每以七言二句为结束,两句留文殆谓此。"两说大致相同,但解释都不妥。按宋元话本用七言诗赞,除篇末结束处及篇中主要处外,又用于篇首,如《京本通俗小说·西山一窟鬼》叙吴洪云:"离了乡里,来行在临安府求取功名,指望:'一举首登龙虎榜,十年身到凤凰池。'"这类诗赞通常都是流行于大众口碑上的习用成语。关剧引词话文句而称为留文,正因为它已成了成语缘故。但所有的诗赞并非都可以成为留文。所以留文是指其性质和作用而言,并非指它在话本中的地位。它和"话文"、"戏文"的"文"同是指文词,但前两项是指其体,而留文是指其用。

第二是《水浒传词话》。按梁山泊及宋江36人故事,在南宋时已成为说话人常用的题材,罗烨《醉翁谈录》甲集卷一记小说的名目就有:《石头孙立》《青面兽》《武行者》《花和尚》四种,各个故事是独立的。元代也同样流行,《宣和遗事》记宋江的一段,就是当时话本的提纲。到了元末,经过施耐庵的"集撰",把许多短篇《水浒传》故事集合为长篇小说,是把以前"书会先生"的创作集合成为一个整体。宋元时短篇小说话本原是讲唱的,施耐庵集撰时似仍用词话体,到明代嘉靖(1522—1566)前后就逐渐删改为散文本。但现在所见经过明代屡次修改的各种散文本《水浒传》,还或多或少地保存词话的面目。如:一百十五回的简本第二十二回叙武松打虎一段有"景阳冈头风正狂"一篇诗赞,李卓吾评本(容与堂刊)和钟伯敬评本(四知馆刊)的百回本第七十回有老郎做的夸赞张清的"祖代英雄播英武"一段诗赞,都是删削未净的词文。但上列还是插用的词,不能证明它是夹说夹唱叙事的。最重要的是有大涤余人序的百回本第四十八回有"独龙山前独龙岗"一段诗赞,和上下散文连用叙述宋江所见祝家庄的情形。孙楷第先生由《高阳李氏藏百回本水浒传推测旧本水浒传》(香港《俗文学》第二十五期)曾据此推论原书必是词话本,这保留的一段正是删改未尽的遗迹。由于十多年前明嘉靖刊残本第十一卷及三年前嘉靖刊本全部的发现,这推测得到更有力的证明。嘉靖刊本保留唱词较多,每回前有诗赞一篇作为入话,如第五十一回云:

龙虎山中走煞罡,英雄豪杰起多方。魁煞飞入山东界,挺挺黄金架海梁。幼读诗书明礼义,长为吏道走轩昂。名闻四海称时雨,哕哕朝阳集凤凰。运蹇时乖遭迭配,如龙失水困泥冈。曾将玄女天书受,漫向梁山水浒藏。报冤率众临曾市,扶恨兴兵破祝庄。谈话西陲屯介胄,等闲东府到刀枪。两赢童贯排天阵,三败高俅在水乡。施功柴寨辽兵退,报国清溪方腊亡。行道合天呼保义,高名留得万年扬。

这本每回开首既保留了旧本词话的形式,由此推知,从元末到明嘉靖以前的《水浒传》,应是全部为韵散夹用的词话本,虽然这种本子现在无法可见。

《水浒传》在明嘉靖间已渐成散文本,到万历时各种繁本和简本都改为全部散文了。然而在嘉靖前后,也还有弹唱的词话和少数嘉靖本流传着。徐渭《徐文长佚稿》卷四《吕布宅》诗序云:

> ……始村瞎子习极俚小说,本《三国志》,与今《水浒传》一辙,为弹唱词话耳。

是说吕布和貂蝉故事不足置信,它是村瞎子本《三国演义》的说法为说唱词话。又以《水浒传》为例,可证在徐渭时(1521—1593)《水浒传》还是可弹唱的词话。又钱希言《戏瑕》(1613年自序)卷一说:

> 词话每本头上有请客一段,权做过(个)"德(得)胜利市头回",此政是宋人借此形彼,无中生有妙处。游情泛韵,脍炙人口,非深于词家者,不足与道也。微独杂说为然,即《水浒传》一部逐回有之,全学《史记》体。文待诏诸公,暇日喜听人

说《宋江》,先讲"摊头"半日,功父犹及与闻。……

钱氏记他幼年听讲《水浒传》时,在正文之前有"摊头"一段,这正和嘉靖本每回开首的诗赞符合。又泛论词话的开始有"得胜头回",说《水浒传》每回都有。他所见的必是嘉靖本,因为今存各种万历刊本每回都没有诗赞。这旧本《水浒传》的说唱,到明代末叶万历时已濒绝境,代之而起的是全部散文化和散说的技艺。

以上从现存《水浒传》中保存词话本的残迹推论元代《水浒传词话》,自然这些残迹未必全是元末施耐庵的原文,其中也有经过明人改动的。

五、诗赞系讲唱文学(下)：
从词话到弹词、鼓词

明代诗赞系讲唱文学主要的是南北通行的词话和流行于南方的陶真，但两者的差别很微。陶真一系到嘉靖时改名为弹词；词话一系在明清之际的北方改称鼓词，又产生了小型的有唱无说的"段儿书"。

明代的说唱词话，大体和元代相同。姜南《蓉塘诗话》卷二"洗砚新录演小说"条记说唱云：

> 世之瞽者或男或女，有学弹琵琶，演说古今小说，以觅衣食。北方最多，京师特盛，南京、杭州亦有之。……

又臧懋循《负苞堂文集》卷三《弹词小纪》说：

> 若有弹词，多瞽者以小鼓、拍板，说唱于九衢三市，亦有妇女以被弦索，盖变之最下者也。

两氏所记明代说唱情形，大致和元代及后世相同。如以清代和现在说唱弹词来看臧氏记载，以小鼓节拍显是鼓词而非弹词。但明代以小鼓、拍板来说唱既是事实，可见当时说唱词话也有用鼓板的,因此就不必拘泥于弹词的名称。

元代诗赞系讲唱文学是统一地用词话名称,而明代是异常混乱,据文献的记载共有十种不同的名称,而本质都是诗赞系的讲唱。这十种是：

第一是沿用宋代的陶真,见第三节所引《西湖游览志余》卷二十和《七修类稿》卷二十二。

第二是沿用元代的词说,见第三节所引《少室山房笔丛》卷四十一和本节末的《戒庵老人漫笔》卷五。

第三是沿用元代的词话,除第四节所引《徐文长佚稿》卷四和《戏瑕》卷一外,又见都穆《都公谈纂》卷上：

> 陈君佐,扬州士人,善滑稽;太祖甚爱之。……君佐出寻瞽人善词话者十数辈。……

又袁于令《双莺传》杂剧第四折《羽调排歌》云：

> （小旦）一面差人去请柳麻子说书,混帐到天明罢了。……（小旦）说词话,间戏嘲,管教胡乱到今宵。

按明末的柳敬亭以散说的评话著名,无说唱词话事。这里的词话是指上文的说书,袁氏虽沿用旧称,而意义却和散说的说书不分了。

第四是明人自创的"说词"。按说词和词说意义相同,都是指有说有唱(词)的伎艺,而说词正是词说的倒转应用。王骥德《新校注古本西厢记》卷首《凡例》云：

> 诸本益以〔络丝娘〕一尾,语既鄙俚,复入他韵。又窃后意提醒为之,似抢弹说词家所谓"且听下回分解"等语。

又凌濛初刊本《西厢记》第一本第四折自论〔络丝娘煞尾〕云:

> 此为众伶人打散语,犹说词家"有分交"以下之类,是其打院本家数。

按《西厢记》前四本每本末有〔络丝娘煞尾〕二句,本是元代伶人于散场前唱念的"打散"语。凌氏独得其解,王氏则不知打散是何事,因而任意删削这两句。二人同以〔络丝娘煞尾〕曲与讲唱人的缴代和引证相比,因为两者都是用第三人称的叙述口吻(和第一人称的代言的戏曲不同,所以被王氏删削)。但缴代和引证并不限于讲唱的技艺,散说的评话也同样应用。而杂耍的院本又和讲唱的技艺不同,更不能混为一谈。又盛于斯《休庵影语》(排印本不分卷)《泪史自序》说:

> 我往往见街上有弹唱说词的,说到古今伤心事体,那些听说人,一个个阁泪汪汪。

这"弹唱说词"和王氏"抢弹说词"相同,但用语却是分歧不一的。

第五是"唱词"。张志淳《南园漫录》卷七《称寡人义》云:

> 幼听瞽者唱词,称寡人,不知其意。稍长读《孟子》,始知

其解。

黄方胤《陌花轩杂剧》第十出《惧内》说白：

> （丑）……我出去叫一个唱词的来,与娘散闷……（贴旦）……你快去叫唱词的与我散闷,休得气坏了我。

唱词的命名虽是偏重于唱,疑是兼指讲唱和无说白的唱本两者而言。

第六是"文词说唱",见第二节所引《谭曲杂劄》。它和说唱词话意义相同,只是颠倒应用;而凌氏所说则是指用莲花落的乐曲系的讲唱。

第七是"打谈"。无名氏《陶渊明东篱赏菊》杂剧第二折说白：

> （净云）老先儿。我也不曾读书,我则听的那打谈的说：武王立天下,寻访着孟津老姜。人所皆知。老先儿知也不知哩？

又刘元卿《贤弈编》卷二记笑谭说：

> 沈屯子偕友入市,听打谈者说杨文广围困柳州城中,内乏粮饷,外阻援兵,蹙然踊叹不已。

又《金瓶梅词话》第十五回记元宵灯市有：

> 又有那站高坡打谈的词曲杨恭,到看这扇响铵游脚僧演

说三藏。

按打谈的名称最为生疏，疑是宋元的旧称。"打"字应和宋元的"打三教"（《武林旧事》卷十）、"打杂剧"、"打驱傩"（均见《芦浦笔记》卷三）同训为"作"或"做"。而"谈"字也不是谈话的谈，应取唐宋的解释。《燉煌杂录金刚经赞文》有"讥曰谈歌是旧曲，听唱《金刚》般若词。"《燉煌掇琐》的另一写本（误题《开元皇帝赞》）作"皆谈新歌是旧曲"。宋张齐贤《洛阳搢绅旧闻记》卷一"少师佯狂"条有："谈歌妇人杨苎萝，善合生杂嘲。"赵令畤《侯鲭录》卷六引白衫举子的唱词有："执板谈歌乞个钱"句。这三例的"谈"都作"唱"解，谈歌就是唱歌，而合生又正是讴唱的。打谈便是从事于歌唱，也就是唱歌词。《金瓶梅词话》打谈的唱词曲，是以唱为主的伎艺清乾隆四十九年（1784）刊本《增订一夕话新集》卷六《类谈集》又转录《贤弈编》这一条，文字略有修改，把"打谈"改为"唱书"。它不改为"说书"而作"唱书"，是确得打谈的意义。明以后打谈的称谓已经僵化，所以它改为当时易懂的唱书。打谈虽以唱为主，但据《东篱赏菊》和《贤弈编》也是兼有讲说的，还是词话一类。它既和后来唱书相同，所唱"词曲"似是诗赞，未必一定是长短句的乐曲。《金瓶梅词话》记打谈的说唱杨恭故事，其本事未详。至于僧人演说三藏，是玄奘取经的故事。这是和宝卷同源异流的街头"说因果"（见张岱《陶庵梦忆》卷五"扬州清明"条）的一类。又元无名氏《病刘千打独角牛》杂剧第三折独角牛和折拆驴对白的一段，用螃蟹和煎饼做比喻的"打谭"，是应作"打诨"解释的另一意义。

第八是"门词"和"门事"。《金瓶梅词话》第二十一回云：

> 〔应伯爵〕向桂姐道:"……休说你哭瞎了你眼,唱门词儿……"桂姐骂道:"……可可儿的我唱门词儿来……"

又叶宪祖《鸾鎞记》传奇第十五出白云:

> (贴)……去唱门词去罢,做什么诗!(中净)门词正是女眷极喜的……

《四部丛刊》景明刊本《酉阳杂俎》首赵琦美《序》云:

> 吴中尘市闹处,辄有书籍列入帘部下,谓之书摊子。所鬻者悉小说、"门事"、唱本之类。所谓"门事",皆闺中儿女子之所唱说也。

以上三例虽有两种名称,而确是一词的分化。两者同是妇女所喜"唱说"的词话。"门事"显然是"门词"的音误,因为门事是无可解释,而门词是因沿门说唱得名,所以清代杭州又叫"排门儿"。清黄士珣《北隅掌录》卷上说:

> 养济院瞽者,悉皆为三弦,唱南词(弹词),沿街觅食,谓之排门儿。

按排门儿是沿袭元明人的沿门教化的说法。元刊《相国寺公孙合汗衫记》杂剧第二折"收尾"云:"交俺两个老业人色排门儿教化。"《包待制三勘蝴蝶梦》第三折"端正好"云:"排门儿叫化都寻遍。"

按黄氏所记是指卖唱觅食的。所谓排门儿是因排门卖唱叫化觅食而得名。门词又是由排门说唱文词而来。据前两例或是简单的叫化之词，不一定是叙事的讲唱；而赵琦美所说"皆闺中儿女子之所唱说"，又必是讲唱的词话一类。但门词既因歌唱者得名，自然不足为讲唱伎艺或体类的代表名称。

第九是"盲词"或"瞽词"。胡应麟《甲乙剩言》（不分卷）前定命条云：

> 都下有抄《前定命》者，其辞皆七字，而村鄙若今市井盲词之类，其言自父母、妻子、兄弟、贵贱、庚甲皆具。

这是以盲辞比拟算命的《前定命》的唱词，而这词是由瞽者在推算时弹弦歌唱的。如汤显祖《玉茗堂诗集》卷十八《都下看瞽妪弦子唱命者诗》说："闻来不是《百章歌》，强合宫商可奈何！合眼琵琶说官品，洪州初有阿来婆。"而北京的瞎子是"昼则算命，夜则弹词"（见近人姚华《菉猗室京俗词》）。又刘若愚《酌中志》卷二十说：

> 司礼监刷印《九九消寒图诗》，每九，诗四句，自"一九初寒才是冬"起，至"日月星辰不住忙"止，皆瞽词俚语之类。非词臣应制所作，又非御制，不知如何相传耳？（又见吕毖《明宫史》火集，文字略同。）

是以瞽词比拟《九九诗》。这两类名称是由说唱的瞽者而得名，也非技艺或体类的称谓。盲词在清代也还有沿用的（《制曲枝语》、《十驾斋养新录》卷十八、《啸亭杂录》卷十）。

以上九种除词话外,当时都没有普遍使用过;到了清代也只有陶真、盲词偶尔应用,其余都湮没不闻了。

第十是"弹词",且留到下面再说。

明代词话的作品存在于现在的也不多,只有一种短篇和两种长篇。

短篇的是《六十家小说》(《清平山堂话本》)的《快嘴李翠莲记》。《六十家小说》是嘉靖间洪楩清平山堂所编刊,这篇最晚也是嘉靖时所作。通常都认为是宋元时作品,但篇中两见明人戴的网巾,显然是明人所著。全篇以诗赞为主体,共有31段,除七言外又有三三言,如:

> 爷是天,娘是地,今朝与儿成婚配。男成双,女作对,大家欢喜要吉利。人人说道好女婿,有财有宝又豪贵;又聪明,又伶俐,双六(陆)象棋通六艺;吟得诗,做得对;经商买卖诸般会。这门女婿要如何,愁得苦水滴滴地!

文词纯是民间作品的风格。全篇是以韵文为主,在歌唱时疑是"数唱"。

长篇的一是杨慎(1488—1559)拟作的《历代史略十段锦词话》,叙述历史上朝代变易。全书两卷,分为十段。每段先用"西江月"等词调和诗数首,次用散文和三三四的十字句诗赞,末了以一诗一词作结。第一段中说:"今将历代史书大略,编成一段'攒十字'诗词,虽然言语粗疏,仅可略知大概,少资谈论,以奉知音。"这攒十字是:

> 盘古氏一出世初分天地,至三皇传五帝渐剖乾坤,天皇氏定干支阴阳始判,地皇氏明气候序列三辰……

这十字句和后来弹词中有衬字的十字句完全不同,它导源于元代词话(见前),和明代的宝卷,后来北方的鼓词就沿袭用这句法。杨氏的拟作是基于明代词话的发达基础上利用原有形式而改换它的题材及内容的,是封建的士大夫掠夺民间技艺的典型例证。这书既符合他们的需要,所以后来有不少的评注、改作和续作:评注的有程仲秩《旁注》(云南人民图书馆藏刊本),董世显、朱玑评订本(同上藏钞本),张三异、孙德威两辑注本。传到江南以后又被人用当地的名称改为《二十一史弹词》,而梁辰鱼又另有《江东廿一史弹词》的改作本。续作则有:陈忱《续廿一史弹词》、顾彩《第十一段锦弹词》、金诺《明史弹词》、张三异《明史弹词》、古木散人《明末弹词》五种。

另一是天启刊本《大唐秦王词话》(一名《秦王演义》),署澹圃主人著。澹圃主人是万历间人诸圣邻的别署,但生平不详。这书叙唐太宗李世民的历史和征伐诸雄统一天下的故事。韵文用十字句,和后来的鼓词完全一样,只是不用鼓词称谓而已。它是和杨慎的拟作迥然不同的民间作品。

若干明代词话经过了改编成为纯散文的小说,而本来面目就从此湮没了。除上述《水浒传》外,还有两个短篇有改编的遗迹可寻。如《古今小说》第二十八卷《李秀卿义结黄贞女》是由《贩香记》词话改编,原书说:"当时有好事者,将此事编成说唱,其名曰《贩香记》。"而今本是散文本。又《警世通言》第十一卷《苏知县罗衫再合》是由《苏知县报冤》唱本改编,原书篇末云:"至今闾里中传说《苏知县报冤》唱本。"《通言》所收的一篇也并不是唱本。

在万历前后又有袭用词话名称，而所指却是散文的小说。《古今小说》第一卷《蒋兴哥重会珍珠衫》开首说："看官，则今日听我说《珍珠衫》这套词话。"而全篇可称为唱词的只有〔西江月〕二首和韵语两段，和一般词话不同。又《金瓶梅词话》虽插有许多词曲，又用曲和韵语代言，但全书仍以散文为主，和诗赞系词话迥不相类。这两例以词话来标榜只是沿用旧称，而意义却和散文小说相等，这是小说从韵散并用到纯散文质变的过程中而生的现象。再说《金瓶梅》文体说，也是只可散说不宜讲唱，除非改为说唱的真正词话。然而在文献中又有类似说唱《金瓶梅》的记载，如张岱《陶庵梦忆》卷四说：

（杨）与民复出寸许界尺，据小梧，用北调说《金瓶梅》一剧，使人绝倒。

这似是说唱又似戏曲的清唱，但这是张氏的措辞不清所致。所谓"一剧"，实在是一段。如果是戏曲的清唱，应该用管弦檀板等，不能用界尺。这"寸许界尺"明是说书时所用的醒木。既只用醒木，不用弦索或鼓板，可证不是说唱词话，而只是散说。因此，所谓"北调"也非歌唱北曲，而是以北方声调口吻讲说而已。总之，张氏所记决不是讲唱《金瓶梅》。

词话在明代就分别发展为弹词和鼓词两个系统。

弹词最早称谓见于嘉靖二十六年（1547）顷成书的田汝成《西湖游览志余》，原书卷二十记杭州八月观潮说：

> 其时优人百戏:击球、关扑、鱼鼓、弹词,声音鼎沸。

此后由万历到明末就成为南方的通称。沈德符《万历野获编》卷十八"冤狱"条云:

> 其魁名朱国臣者,初亦宰夫也,畜二瞽妓,教以弹词,博金钱,夜则侍酒。

又清失名《三风十愆记》(不分卷)记明末常熟丐户草头娘:

> 更熟《二十一史》,精弹词。

这《二十一史弹词》当是杨慎原作的改名或梁辰鱼之作。又卫泳《冰雪携》(排印本,不分卷)中陈弘绪《方外司马杂剧序》云:

> 小说、弹词、诗余、杂剧之流,皆继《诗》《骚》之余,别有所寄以自泄其怀者也。然以是数者论之,备小说之奇,揽诗余之秀,去弹词之鄙者,则为杂剧。

以上四例只有末一项是作为文体看,其余都是作为技艺的名称。按弹词也和其他讲唱文学得名相同,先是技艺的名称,后来才作为文学体类的称谓。至于弹词的得名,当是由上节和本节所引的"弹唱词话"(徐渭)、"挡弹说词"(王骥德)、"弹唱说词"(盛于斯)的省文,它的语源显然可见。

使用弹词的称谓，除上引梁辰鱼、陈忱两部作品和臧懋循、田汝成等人的记载外，另有董说的作品和徐复祚的记载（见后）。其中除田汝成、梁辰鱼二人外，沈德符、臧懋循、徐复祚是万历间人，陈弘绪是崇祯间人，陈忱、董说是明清间人。他们都用弹词的名称，可证弹词的称谓是始用于嘉靖，到万历清初间已大为通行。按梁辰鱼是昆山人，徐复祚常熟人，田汝成杭州人，沈德符秀水人，臧懋循、陈忱、董说都是吴兴人。他们都是江南和浙江人，又可证弹词是明代的南方江浙的称谓。

弹词和陶真同是江浙的讲唱技艺和文学，而两者又同以琵琶伴奏，同以七言诗赞为主，弹词必是源出陶真无疑。然而它的得名又由"弹唱词话"而来，讲唱的技艺和体例又和元明词话一部分相同，则又继承了词话体系的一部分。它接受讲唱词话的是：弦索伴奏和七言诗赞，而排除了用鼓节拍和十言诗赞。

明代弹词作品确实可信的只有两部：一是嘉靖间人梁辰鱼的《江东廿一史弹词》一卷（光绪《苏州府志》卷五十三《艺文志》据尤《志》著录），特别标出"江南"是表示和杨慎《二十一史弹词》不同的别一本子。另一是明末清初间人陈忱的《续廿一史弹词》，汪曰桢《南浔镇志》卷三十云："弹词则有陈忱《续廿一史弹词》。"两部都是以历史事实做题材的，现在都已经散佚。此外又有成于崇祯十三年（1640）的董说《西游补》第十二回的"天皇那日开星斗"一段，还可看到，但那是插于小说之中的一篇，不是单刊本。以上三种都是文人模仿的作品，和民间流行的是迥异其趣的。凡是文人模拟民间口头文艺的作品，必在那类技艺和文学盛行以后。由此可知：从万历到明末，弹词在民间是如何地风行。

弹词始于明代虽无可置疑，然而明清人却有以为始于元代的，如臧懋循《负苞堂文集》卷三《弹词小纪》说：

> 若有弹词……近得无名氏《仙游》《梦游》二录，皆取唐人传奇为之敷衍。深不甚文，谐不甚俚，能使骇儿少女无不入于耳而动于心，自是元人伎俩。或云杨廉夫避难吴中时为之。闻尚有《侠游》《冥游录》，未可得。

臧氏先后把《仙游录》《梦游录》《侠游录》三种刻成，但现在却未见传本。原书既不可见，它们是否为元代作品，也就难于判断。至于杨维桢创作一说，本是传闻，更难于置信。然而即使是元人所作，也应称为词话，因为元代并没有弹词的称谓。这四种都是取材于唐人传奇，又是"深不甚文，谐不甚俚"，可见也是模拟的作品，因为民间流传的作品是不会取材于唐人小说，而且一定"甚俚"的。又明徐复祚《三家村老委谈》（《古学汇刊·何徐曲论》辑本，不分卷）说：

> 汤若士（显祖）……《南柯》《邯郸》二传，本若士（二字似衍文）臧晋叔（懋循）先生所作元人弹词来。晋叔既以弹词造其端，复为改正四传以订其讹。

按"所作"当作"所刻"解释。如果说是明代臧氏所撰，就不能称为"元人弹词"，而他的下文又明说"晋叔不闻有所构撰"。徐复祚称为弹词，也是根据臧氏所说而沿其误的。此外清屈大均《广东新语》卷十二"粤歌"条说：

> 或妇女岁时聚会，则使瞽师唱之，如元人弹词曰某记某者，皆小说也。

也是沿袭明人的误称。按臧徐二氏是明万历间人，屈氏是清初人。他们所以称为弹词是用明清间通行的称谓移用于元代的，正如金董解元《西厢记》诸宫调被明清人称为"挡弹词"，而非金元人的自称是一样的。"元人弹词"既是明清人的误称，它自然不是始于元代了。又宋周密《武林旧事》卷六"书会"项有李大官人"谭词"，这和明清的弹词也毫无关系。如上面所说，这"谭"字也应作为歌唱解释。谭词就是唱词，而所唱和"唱赚"、"小唱"、"唱耍令"、"唱京词"、"唱拨不断"（并见同书同卷）同是唱词调，既不一定是叙事的，更不是讲唱文学，和诗赞的词话、弹词没有相同之处。

自从明代弹词流行以后，清代更为盛行。它成为南方讲唱文学的总称。从清代初年起，在作品和文献两方面都沿用弹词的称谓。作品如金诺《明史弹词》（《檀几丛书》初集），顾彩《第十一段锦弹词》（原刻本《昭代丛书》乙集），钱涛《百花弹词》（合刻初印本《昭代丛书》丙集），魏荔彤《怀舫集》的《弹词》（见《四库全书总目提要》一百八十二卷）。文献方面如康熙间汪介《三侬赘人广自序》（《虞初新志》卷二十）谓："恶盲妇弹词声。"张泓《滇南忆旧录》（不分卷）说："金陵赵瞽以弹词名。"乾隆间袁枚《随园诗话》卷五也有："杭州宴会，俗尚盲女弹词。"而明代各种名称已全部隐晦，弹词一名就囊括了清代讲唱文学的大部分。这时它本身也有三种异称：（一）是"南词"（见《白雪遗音》和《杭俗遗风》），是北方和杭州的名称，而南方也有以此自称（见《文明秋凤弹词序》）；（二）是"弦词"，只通行于扬州一地（见《扬州画舫录》卷十一）；（三）是两广的"摸鱼歌"(见《广东新语》卷十二,《五山志林》卷二,《粤风》李调元序)、"沐浴歌"(见《粤风》卷一)或"木鱼书"(见吴趼人《小说丛话》)。弹词和后二种除方言、方音差别外,确是异名同实的一物。本质不同的只有鼓词一类。

鼓词虽没有足够文献说明始于何时,但《木皮词》中已有鼓词名称,最晚在清代顺治(1645—1661)时就开始用了。它的名称虽然产生较晚,实际是早经孕育在元明词话中了。元杂剧中的词话已有部分的"攒十字",而明代的《历代史略十段锦词话》及《大唐秦王词话》和后来的鼓词又完全相同。鼓词接受词话的是:弦索的伴奏和鼓板节拍及十言、七言两类诗赞句式,是全部并直接继承词话的,而弹词只是部分接受词话。

鼓词中有一类小型的以唱(韵文)为主的"段儿书",是起源于明末时的山东民间。如清初贾应宠的《木皮词》(非叙事),孔尚任《桃花扇》(康熙三十八年,1699年成书)第二出《听稗》中的《太史挚适齐》,传为贾应宠或蒲松龄的《东郭外传》(有的写本属邱澄翠或马遵烈),传为蒲立德或王百尺的《问天词》以及其他的各种短篇段儿书,都是以历史或经典为题材的模拟作品。他们模仿的根据必是当时山东民间流行的小型鼓词。在清初顺治、康熙间(1644—1722)既有山东文人模拟作品,那么民间作品的产生当更早于此,最晚在明末也必然存在。这类小型段儿书,后来发展成为北京和河北及东北各地的大鼓书,乾隆时又被贵族的八旗子弟改造为子弟书。

明代鼓词的作品,除《大唐秦王词话》和《历代史略十段锦词话》题为"词话"的以外,还没有第三种发现。至于有明宣德七年(1432)永新刘氏序文的旧钞本《番合钏全传》,决非明代作品,而是产生于清乾隆时,序文出于伪造。

鼓词的说唱伎艺虽是以流传于北方各地的为主,但南方也并非完全绝迹,如清代浙江海宁(见陈鳣《新坂土风》)和现在永嘉、丽水等地,都有它的踪迹;但和北方鼓词的音乐、声腔都不相同。据上引《弹词小纪》所说用小鼓、拍板说唱的,疑是明代浙江的鼓词(词话)。

明代除词话、弹词等外,又有叙事讲唱道情。它和词话等的不同,不是它的形式,而是内容和题材,即以道教的通俗故事为题材,宣传道教思想的。在技艺方面的差别是:除以渔鼓和简板节拍外,又有特殊的声腔。叙事道情在明代有两类:一是第二节所说用乐曲的,另一是用诗赞的。后一类今存明末刊本《庄子叹骷髅南北词曲》二卷,题"毗陵舜逸山人杜蕙编","同邑仰文陈奎刊",杜颖陶先生藏。它虽题为"南北词曲",但唱词并非南北曲而主体却是七言诗赞。末了说:"骷髅曲词久差讹,夏暇重将校正过。"可知早有旧本,常州杜蕙是根据旧本改编的。情节和《续金瓶梅》所录相同。此外又有《蓝关记》,李翊《戒庵老人漫笔》卷五(《常州先哲遗书》本,《续说郛》等本均不分卷)说:

> 道家所唱有道情,僧家所唱有抛颂,词说如《西游记》《蓝关记》,实匹休耳。

按李氏所说道情和抛颂是指叙事的一类讲唱,有下文二种名目可证。所谓词说也是词话的异称(详上)。末一句虽不可解,但大意是说:道情的《蓝关记》和抛颂的《西游记》两者是相等的。《蓝关记》既是词话,当然和杜蕙《庄子叹骷髅》同是诗赞体。它和《金瓶梅词话》六十四回所说《韩文公雪拥蓝关》道情或是一物。僧人所唱的《西游记》当是演玄奘取经故事,也就是《金瓶梅词话》十五回所记灯市的"扇响钹游脚僧演说三藏"。这是俗讲和讲经的余波,宝卷的旁枝,明清说因果(《陶庵梦忆》卷五、《清嘉录》卷一)的同类。据李氏所说抛颂也是讲唱词话,但不知道是否偈赞体。

至于兼有乐曲和诗赞两类的宝卷,现存明代作品有40多部。这里不能详说,且待以后的机缘。

总结以上所说,附表如下:

(一) 乐曲系讲唱文学名称表

宋	金	元	明	清
小说				
鼓子词(叙事)				
覆赚				
诸宫调(词的)	诸宫调	北诸宫调 南诸宫调 (曲的)		
		驭说		
		货郎儿		
			陶真(乐曲)	
			道情(叙事)	
			莲花落(叙事)	莲花落(叙事)
				牌子曲

（二）诗赞系讲唱文学名称表

宋	元	明	清
涯（崖）词			
陶真	陶真	陶（淘）真	陶真
	词说	词说	
	词话	词话	
		说词	
		唱词	
		文词说唱	
		打谈	
		门词（门事）	排门儿
		盲词（瞽词）	盲词
		弹词	弹词
			南词
			弦词
			摸鱼歌（沐浴歌）（木鱼书）
			鼓词（鼓儿词）
			大鼓（段儿书）
			子弟书（段儿书）
			竹板书
			快书
		道情（叙事）	道情（叙事）

（注）明代所谓"说唱"，实指金元诸宫调，故不列入。明代叙事的抛颂，不明词类，暂不列入。至于有韵文而无散文的几项，照广义的解释也附属在讲唱文学之内。

(三) 分类表

讲唱文学
- 乐曲系
  - 1. 用词调：宋：叙事鼓子词　覆赚　诸宫调　（附小说）
  - 2. 用南北曲调：金元：诸宫调
    - 明：陶真　叙事道情
  - 3. 用俗曲：元：货郎儿
    - 明：叙事莲花落
    - 清：牌子曲
- 诗赞系
  - 宋：涯词　陶真
  - 元：词话（词说、陶真）
  - 明：词话（陶真、词说、说词、唱词、文词说唱、打谈、门词、盲词、瞽词、弹词）　唱本　叙事道情
  - 清：弹词（南词、弦词、摸鱼歌、沐浴歌、木鱼书）　鼓词　影词　竹板书　段儿书（大鼓书、子弟书）　快书
- 两系兼用
  - 元明清：宝卷
  - 清：部分吴音系弹词

本文的目的是就已获得的资料说明宋元明讲唱文学和技艺的一般情形及乐曲、诗赞两系的各种讲唱文学的类别及其发展。由于找得的资料多少不等，对各类的讲唱文学的叙述，自然不免有畸重畸轻的现象。主要的目的是以诗赞系的词话为重点的，但为了囊括宋元明三代的所有讲唱文学，对叙事鼓子词、覆赚、诸宫调只是摘要叙述，而这几类在近人著作中已有详尽的说明，读者可以参

看；这里略加说明就够了，连例子也省去不引。至于明清两代的宝卷，清代的弹词、鼓词及附属于讲唱文学的子弟书、牌子曲等，不但类别复杂，每类的作品也异常丰富，不是这篇小文所能容纳，所以略去不说。

此外，宋王溥《五代会要》卷三十记后唐同光二年（924）南诏国留杂笺诗一卷，下注："有彩笺一幅，转韵诗一章，章三韵，其（共）十联，有类击筑词。"是说南诏的诗笺一首三换韵，共20句，文词通俗和民间击筑词相类。五代时的击筑词必是通俗的叙事歌曲，但不知是否讲唱文学。又，宋周密《武林旧事》卷六记南宋瓦市伎艺有"弹唱因缘"一目，下列伎艺人：童道、费道、蒋居安、陈端（或陈遂）、李道、沈道、顾善友、甘道、俞道、徐康孙、张道11人。内中童、费、李、沈、甘、俞、张七人明是道士，这用弦乐伴奏的弹唱因缘的伎艺，必是道徒歌唱的道情一类的黄冠词，也无从证明是否叙事的讲唱文学。所谓因缘是出于佛教的僧侣的术语。宋代僧人有讲说因缘的技艺，失名《道山清话》（不分卷）云："京师慈云寺有昙玉讲师者，有道行，每为人诵梵经及讲说因缘。都人甚信重之，病家往往延致。"这是继承唐五代俗讲的余波。它原是僧侣们的技艺而被道徒抄袭应用的。这两类不能确证是讲唱文学，姑且存疑。

下篇 相关研究补编

后土夫人变考
——变文存目之一

见存唐五代俗讲卷子,合计有85个卷子,36种。其中以变文为最多,共52卷,20种(讲经文8种,押座文及缘起11种),占全部三分之二弱。这20种50卷,并非唐五代变文的全部,必有不少散佚的作品,可以断言。这类散佚的变文有存目可考的,只有五代以来的《后土夫人变》和宋代《开元括地变文》(后者见志磐《佛祖统纪》卷三十九)两种,而《后土夫人变》的内容还约略可知。

《后土夫人变》一名,首见宋黄休复《茅亭客话》卷四"李聋僧"条:

> 伪蜀广都县三圣院僧辞远,姓李氏。薄有文学,多记诵。其师曰思鉴(《学津讨原》本作思凿,误)。愚僧也。辞远多鄙其师云:可惜辞远作此僧弟子! 行坐念《后土夫人变》,师止之,愈甚,全无资礼。一日,大叫转变次,空中有人掌其耳,遂聩。二十余年,至圣朝开宝中,住成都义井院。(《琳琅秘室丛书》本)

按开宝共九年(968—976),时住义井院。上推20余年是后蜀孟昶广政六年至十四年（943—951）间事。和光严童子约略同时。伪蜀是指孟氏的后蜀，是965年以前的事，而蜀中正是俗讲流行区域。见《才调集》卷八唐吉师老《看蜀女转昭君变》，巴黎藏P.2293号《维摩诘经讲经文》第二十卷《光严童子》卷末题"广正十年（947）八月九日在西川静真禅院写此第二十卷文书……于州中窟〔应〕明寺开讲，极是温热。"《后土夫人变》也当与《目连变》、《昭君变》同属于变文的一类；它最晚也必是五代时后蜀的作品。

《后土夫人变》，不仅流行于五代时的后蜀，宋代也流传不衰。何薳《春渚纪闻》卷二"后土词渎慢"条云：

> 金陵邵衍……以大观四年五月十五日，无疾而终。临终时一日，顾谓其甥黄子文曰："……畴昔之夜，梦……王者谓余曰：'世传《后土词》渎慢太甚，汝亦藏本何也？'……忽有呼邵衍者曰：'汝为圆真相，俾汝禁绝世所传《后土词》，当何以处之？'余对以传者应死。呼者曰：'可也。'……觉所梦极明了。亦欲吾家与甥知此词不可复传，志之，志之！"（《学津讨原》本）

按大观为宋徽宗年号，大观四年是公元1110年。所谓《后土词》，即《茅亭客话》的《后土夫人变》，而这类变文正是"世所传"的谐俗之作。其称"词"，不称"变"，也正如变文中《季布骂阵词文》《苏武李陵执别词》不称变文一样。它的文体也应如《季布骂阵词文》全以韵文构成，和《目连变》等韵散相间的文体不同，所以称为《后土词》。何薳所记虽托于幽冥，怪诞不足信，但《后土词》于北宋末年世俗盛行，却可以此为明证。又南宋严有翼《艺苑雌黄》（胡仔《苕溪渔隐丛话》后集卷十八引）：

> 唐人作《后土夫人传》，予始读之，恶其渎慢而且诬也。比观陈无已《诗话》云……唐人记后土事，以讥武后耳。予谓武后何足讥也，而托之于后土，亦太亵矣。后之妄人，又复填入乐章；而无知者遂以为诚是也。

严氏所谓乐章，疑即指《后土词》的变文而言，盖俗讲演唱时本应合乐。果如此，《后土夫人变》在南宋时仍然流行于世。按唐人《后土夫人传》和《后土夫人变》不是一物，它是唐代的传奇文，是《太平广记》卷二百九十九《神类》（九）"韦安道"条，原出《异闻录》，其内容则叙武后时京兆人韦安道于洛阳遇后土夫人出行，被引至后土所居之处，遂成夫妇。后携之归家，家人莫知所来，以事上闻。命僧九思、怀素及治太乙术者先后制之，终不能胜。其父真命安道请去之，即命驾并携安道而去。至其所之明日，诸灵来朝，大罗天女武后亦来朝，后土夫人嘱其善视之，并命之图写帝王像。安道返自冥中，适武后召之，以像进，仕至魏王府长史。

宋人以为这传奇是托于韦安道以讥武后，陈师道《后山诗话》：

> 唐人记后土事，以讥武后。（《历代诗话》本不分卷）

刘克庄《后村先生大全集》卷一百七十三《诗话前集》：

> 唐人叙述奇遇，如后土夫人事，托之韦郎。（《四部丛刊》本）

又叶梦得《避暑录话》卷下：

> 唐人至有为《后土夫人传》者。今所在多有为后土夫人祠，而扬州尤盛，皆塑为妇人像，流俗之谬妄如此。……后土夫人盖以讥武后，然托论亦不当如此。(《郋园全集》校刊本)

而《艺苑雌黄》谓扬州蕃厘观并塑有韦生像。叶氏以为流俗谬妄是由于《后土夫人传》的影响。其实唐代传奇文对于文人虽有不少影响，但对流俗却未必有这样力量。如果"流俗谬妄"是有所承的，该是《后土夫人变》，而非《异闻录》的《后土夫人传》。

《异闻录》和五代以来的《后土夫人变》虽非一物，但变文的本事和传奇文当是同源，或径取材于《异闻录》。《艺苑雌黄》说《后土夫人传》"太亵"，《春渚纪闻》说《后土夫人变》"渎慢太甚"，可证两者的题材相同，都是叙后土夫人和世人幽媾的故事。所谓渎慢，是因后土原为古代的地祇，而传奇和变文却指为和世人幽通的女神。又从"传者应死"的信念和神人击聩辞远的传说，可以证明《后土夫人变》比传奇更为亵渎，藉以取悦世俗。唐代俗讲僧文溆"所言无非淫秽鄙亵之事"(赵璘《因话录》卷四角部)，已开其端，《后土夫人变》不过承流接武而已。

三十八年六月十三日记

〔补记〕：宋人仍重视后土。《夷坚甲志》卷一《黑风大王》："汾阴后土祠在汾水之南四十里，前临洪河连山为庙，盖汉唐以来故址，宫阙壮丽。"(涵芬楼排印本)

又《丙志》卷九《后土祠梦》："抚州后土祠灵响昭著。"

双渐苏卿诸宫调的作者

宋金元诸宫调流传于现在的,计有三种:一是《刘智远诸宫调》,内中有教坊废置不用的商角调,其制作年代当较早,似为宋人之作;二是《西厢记诸宫调》,金董解元作;三是《天宝遗事诸宫调》,元王伯成作(有新辑本)。此外在《西厢记诸宫调》及元石君宝《诸宫调风月紫云庭》,叙述唱诸宫调的曲中,还有一些诸宫调名目,《双渐苏卿诸宫调》便是其中之一。

书生双渐和倡女苏小卿的故事,在宋元南戏及元杂剧中,已有三四种,元人散曲叙述或涉及的,有数十套之多,成为通行的典故。本事见明梅鼎祚《青泥莲花记》卷七。百二十回本《水浒传》第五十一回,记白秀英在勾栏作场说唱《豫章城双渐赶苏卿》,便是演唱这《双渐苏卿诸宫调》。这本诸宫调虽散佚不存,但它的作者尚属可考,而论者则迄未涉及。元夏伯和《青楼集》说:

> 赵真真、杨玉娥善唱诸宫调。杨立斋见其讴张五牛、商政叔所编《双渐小卿》……

按《青楼集》之说,确有所本。杨朝英《太平乐府》卷九杨立斋〔鹧鸪天〕词及〔哨遍〕散套也记此事。首有杨朝英小序,说:

张五牛、商政叔编《双渐小卿》,赵真卿善歌。立斋见杨玉娥唱其曲,因作〔鹧鸪天〕及〔哨遍〕以咏之。

按〔鹧鸪天〕词下半阕云:

啼玉靥,咽冰弦。五牛身后更无传,词人老笔佳人口,再唤春风到眼前。

〔哨遍〕套末三曲云:

〔二煞〕静悄悄的谁念他?冷清清的谁问他?尚有人见鞍思马,张五牛创制似选石中玉,商政叔重编如添锦上花。碎把那珠玑撒,四头儿热闹,枝节儿熟滑。

〔一煞〕俺学唱,咱学说,咱谁敢前辈争高下。赵真真先占了头名榜,杨玉娥权充个第二家。替佛传法,锣敲月面,板撒红牙。

〔尾〕须不教一句儿讹,半字儿差。唱一本多愁多绪多情话,教您听一遍风流浪子煞。(涵芬楼景印元刊本载此套缺后半,明万历活字本收全套。)

据上列记载:《双渐苏卿诸宫调》是张五牛、商政叔二人所编。《青楼集》明说是诸宫调,而《太平乐府》小序却未指明,但据〔哨遍〕套"俺学唱,咱学说",则明是诸宫调,因为它正是又说又唱的。

这本诸宫调的"创制"者张五牛,便是南宋初年首创赚词的人。耐得翁《都城纪胜》、吴自牧《梦粱录》卷二十、吴曾《能改斋漫录》

卷一,都有相同的记载。《梦粱录》云:

> 绍兴年间,有张五牛大夫,因听动鼓板中有《太平令》或赚鼓板(即今拍板大节抑扬处是也),遂撰为赚。

张氏创"赚词"于绍兴间,诸宫调似亦这时所制,上距熙宁元祐(1068—1093)首创诸宫调的泽州孔三传,只有八九十年。

重编者商政叔,名道,元人;官学士(见钟嗣成《录鬼簿》"前辈已死名公")。元好问称其:"滑稽豪侠,有古人风。"(见《遗山集》卷三十九《曹南商氏千秋录》)所作除诸宫调外,尚有散曲。《阳春白雪》前集五,收〔天净沙〕小令四支,《太平乐府》卷六有《月照庭》一套,《乐府新声》卷上录〔新水令〕、〔一枝花〕(二套)、〔梁州第七〕、〔夜行船〕、〔风入松〕六套,明李开先《词谑词套》中别有〔风入松〕一套,共存小令四支、散套八套。其词属清丽派,明宁献王朱权《太和正音谱》评谓:商政叔之词"如朝霞散彩"。

商道(政叔)大约生于宋光宗绍熙元年(1190)左右。因为《曹南商氏千秋录》说他的哥哥商衡崇庆二年(1213)举进士,那时商衡25岁,那么商衡的生年是淳熙十六年(1189),商道是商衡的弟弟,当然商道的生年不会在1190年以前。

不过,商衡的生平也有算作1187或1186的。同篇说商衡在正大八年的第二年即开兴元年(1232)死,时年46,那么商衡又应该生于淳熙十四年(1187)了。

根据《遗山文集》卷二十一《平叔墓铭》说商衡死时是47岁,似乎商衡的生年又应该是淳熙十三年(1186)了。

所以准确地说,商衡约生于1186—1189间,商道约生于

1187—1190间。

《曹南商氏千秋录》末尾所署的年份是癸丑(1253),商道大约六十几岁还活着。

再生缘续作者许宗彦、梁德绳夫妇年谱

一、前言

《再生缘》弹词一书,相传为乾隆间陈端生作,未成而卒;后许宗彦、梁德绳夫妇足成之。近人蒋瑞藻《小说考证续编》卷一引王弢《闺媛丛谈》云:

> 相传泉唐陈勾山(按:勾山名兆仑)太仆之女孙端生女士,适范氏。婿以科场事,为人牵累谪戍。女士誓膏沐,撰《再生缘》弹词。托名有元代女子孟丽君,男装应试,更名郦君玉,号明堂,及第为宰相,与夫同朝而不合并,以寄别凤离鸾之感。曰:"婿不归,此书无完成之日也。"后范遇赦归,未至家而女士卒。许周生驾部与配梁楚生恭人足成之,称全璧。吾国旧时妇女之略识之无者,无不读此书焉。楚生名德绳,晚号古春老人。驾部卒后,遗集皆其手定。二女云林、云姜皆能诗。

按《闺媛丛谈》此条本陈文述《西泠闺咏》卷十五《古春轩咏梁楚生夫人》《华藏室咏许因姜云姜》《绘影阁咏家□□》三首诗注,

混合而成。末一首原文云：

□□名□□，勾山太仆女孙也。适范氏，婿诸生，以科场事，为人牵累谪戍。因屏谢膏沐，撰《再生缘》南词。托名女子郦明堂，男装应试，及第为宰相，与夫同朝而不合并，以寄别凤离鸾之感。曰："婿不归，此书无完全之日也。"婿遇赦归，未至家而□□死。许周生梁楚生夫妇为足成之，称全璧焉。"南《花》北《梦》，江西《九种》"——梁溪杨蓉裳农部语也。南《花》谓《天雨花》，北《梦》谓《红楼梦》，谓二书可与蒋清容《九种曲》并传。《天雨花》亦南词也，相传亦女子所作，与《再生缘》并称，闺阁中咸喜观之。

又诗云：

红楼一抹水西流，别绪年年怅女牛；金镜月昏鸾掩夜，玉关天远雁横秋。苦将夏簟冬釭怨，细写南《花》北《梦》愁。从古才人易沦谪，悔教夫婿觅封侯。

此书凡端生名处均缺，未知何故。按陈兆仑（1700—1771）号勾山，钱塘人，乾隆时举博学鸿词科，官至通政使。子二人：长玉万，乾隆十五年（1750）举人，山东齐阳知县；次玉敦，亦乾隆十五年举人，山东登州府同知（见陈兆仑《紫竹山房诗文集》首顾光撰《墓志铭》及陈玉绳《年谱》等）。敦有二女：一为长生，字秋谷，适吴兴叶琴柯（绍楏），著有《绘声阁集》（亦见《西泠闺咏》卷十五）。一即端生，著有《绘影阁集》。端生之《绘影阁集》，今未见，不知其中有无涉及《再生缘》之处。长生之《绘声阁集》及选录其诗之《纤云楼合集》《南蘋遗草》二集亦未得见,不知有涉及端生及《再生缘》之事否?至《香咳集》录长生诗31首,《随园女弟子诗选》卷四所录15首,均不涉及端生也。《西泠闺咏》作者陈文述(1771—1843)为嘉庆道光间人,与端生时代相近,且又为族人,所说当必有据。然以《再生缘》本书考之,文中显亦有误。陈氏谓因婿谪戍而撰《再生缘》,不知此书六十六回以前乃其未适人前之作,以每卷首末自叙所记之节季考之,至少乃历四年而成者。若第三十三回(原书卷九,今通行本卷七)云:

> 家父近将司马任,束装迢递下登州。蝉鸣丛树关河岸,月挂轻帆旅客舟。……行船人杂仍无续,起岸匆匆出德州。陆道艰难身转乏,官程跋涉笔何搜。连朝耽阁出东省,到任之时已仲秋。今日清闲官舍住,新词九集再重修。

按《紫竹山房诗文集》首陈玉绳撰,兆崙《年谱》记乾隆三十四年己丑(1769)事云:"八月,先生次子玉敦以中书改官山东登州府同知。"上文"赴司马任"即指登州同知任。盖是年由京之德州,再经陆路赴任也。自此回起,乃作于登州,其时尚未适范生也。第六十六回至六十八回则为十五年后乾隆四十九年甲辰(1784)春二月至冬末之作。六十六回自叙云:

> 搔首呼天欲问天,问天天道可能还!尽尝世上酸辛味,追忆闺中幼稚年。姊妹聊床听夜雨,椿萱分韵课诗篇。……侍父宦游游且壮,蒙亲垂爱爱偏拳。风前柳絮才难及,盘上椒花

颂未便。管隙敢窥千古事,毫端戏写《再生缘》。也知出岫云无意,犹伴穿窗月可怜。写几回离合悲欢奇际会,写几回忠奸贵贱险波澜,义夫节妇情何极!死别生离志最坚。慈母解颐频指教,痴儿说梦更缠绵。自从憔悴萱堂后,遂使芸缃綵笔捐。……由来早觉禅机悟,可奈于归俗累牵。幸赖翁姑怜弱质,更忻夫婿是儒冠。挑灯伴读茶声沸,刻烛催诗笑语联;锦瑟喜同心好合,明珠蚤向掌中悬。亨衢顺境殊安乐,利锁名缰却挂牵。一曲惊弦弦顿绝,半轮破镜镜难圆。失群征雁斜阳外,羁旅愁人绝塞边。从此心伤魂杳渺,年来肠断意忧煎。未酬夫子情难已,强抚双儿志由坚。日坐愁城凝血泪,神飞万里阻风烟。送归射柳联姻后,好事多磨几许年!岂是蚤为今日谶,因而题作《再生缘》?日中镜影都成验,曙后孤星信果然。惟是此书知者久,浙江一省偏相传。髫年戏笔殊堪笑,反胜那沦落文章不值钱。闺阁知音频赏玩,庭帏尊长尽开颜,谆谆更嘱全终始,必欲使凤友鸾交续旧弦。……造物不须相忌我,我正是:断肠人恨不团圆。重翻旧稿增新稿,再理长篇续短篇。几次甲辰春二月,芸窗仍写《再生缘》。悠悠十二年来事,尽在明堂一醉间。

其自叙层次井然,首述闺中之事,次述于归以后,复述夫婿谪戍绝塞,故"日坐愁城",亦不能续书也。嗣因尊长之嘱,遂于甲辰年二月自六十六回续作。文中明谓"髫年戏笔殊堪笑",时尚在闺中可知。书中叙皇甫少华孟丽君离合姻缘,少华因奸人播弄与丽君分散,亦如端生与范氏,故有"出岫云无意","岂是蚤为今日谶"之语。据此可证《再生缘》大部分均作于未出阁以前,非因夫婿谪戍

而始作也。至端生撰书之经过及其"别凤离鸾之感",于此亦可考见焉。又梁德绳续作之第八十回末云:

> 《再生缘》,接续前书《玉钏缘》,业已词登十四卷,未曾了结这前缘;虽续前缘缘未了,空题名目《再生缘》!可怪某氏贤闺秀,笔下遗留未了缘。后知薄命方成谶,半路分离各一乔(天);天涯归客期何晚,结果惊悲再世缘!……有感《再生缘》作者,半途而废了生前。

以上引两文与《西泠闺咏》参看,知陈文述之说有征。惜资料不足,此《再生缘》之作者陈端生生平事略,今所知者亦止此而已。

至《再生缘》续成者为许宗彦、梁德绳夫妇,虽《鉴止水斋集》、《古春轩诗钞》二书无可考见,然不足证明非许、梁之作。盖此类俗书,人常以游戏笔墨视之,故前人每讳为己作;况许氏以经学著名当世,于此"小技"虽或会涉笔必掩饰之不暇,安能于集中大书特书?兹以陈文述与许梁之关系考之,其言亦必可信也。按陈氏之媳汪端(1793—1838)乃梁瑶绳之女、德绳之女甥也。瑶绳适于汪,早卒。端幼即育于宗彦、德绳之家,并从德绳学诗。陈文述《孝慧汪宜人传》云:"宜人受抚于姨母梁楚生夫人,嘉庆己未进士兵部员外许君周生室也,爱宜人如所生。"(附《自然好学斋诗钞》首)阮元《梁恭人传》云:"恭人有女兄适于汪,早卒,遗女端,恭人鞠养之,授以诗。"(附《古春轩诗钞》首)又汪端《自然好学斋诗钞》中与德绳倡和之作甚多,如《古春轩咏物二首和楚生姨母》《落叶和楚生姨母》《辛未春日返棹武林赋呈楚生姨母即用赐题明湖饮饯图原韵》(均见卷二)等,可证两家关系之密切。则《再生缘》之作汪端知之,故文述亦得备书之。两家之谊如此,其言当可信也。

如上所述,《再生缘》之续成于许、梁夫妇之手,已无疑问。然则许、梁之续作始于何卷? 兹述之如次:此书初无刻本,流传者均为钞本,至道光元年(1821)始由侯香叶(芝)夫人刊行于世,侯之原序云:

> 近改四种,《锦上花》业已梓行。若《再生缘》传钞收(数)十载,尚无镌本,因惜作者发思,删繁撮要……故改而付梓,不没作者之意。

按此乃初刻本,时梁德绳续书尚未成。侯芝于原书改订必多,而《再生缘》之本来面目亦因此隐晦。然以今本观之,其中亦非完全无可考见者,而原作与续作间之差别,尤显而易见。据前引之八十回末所云:"业已词登十四卷,未曾了结这前缘",则许梁之续作当始于十四卷以下。然《中国俗文学史》下册谓:"陈端生写到第十七卷便绝了笔;以下三卷是梁德绳续成的。"(三七二页)此两种不同之异说,究以何者为是? 鄙意以为与其谓许梁夫妇续书始自何卷,不如谓始自第几回较妥也。盖上举两说卷帙虽不相同,而所指回数并无歧异;其所不同者乃因分卷之异而生,故仅举卷帙易生葛藤。按今本全书计二十卷、八十回。据目录所载每卷各四回;而书内则每卷五回,四十回以下则又自乱其体例,或三回为一卷,或四回为一卷,殊不一律。此当为后人修改时重订卷帙而生之差异也。然即以今本为据,尚约略可见陈端生原书之次第。就今本之第四、九、十六、二十四、二十八、三十二、三十三、三十六、四十五、四十

八、四十九、五十二、五十六、六十一诸回之首或末作者自叙考之，每卷当为四回。兹略举两例说明之：第十六回末云："往谈相国夫妻话，四卷之末略略行。"又五十二回末云："要知以后如何事，再将那十四之中细细描。"以每卷四回计之，十六回适为四卷之末，五十二回则为十三卷之末也。考陈书绝笔于第六十八回，许、梁续书始自第六十九回。以陈氏原本每卷四回计之，则第六十八回乃第十七卷（今通行本则为十六卷）之末回；以后人改订本之每卷五回计之，则第六十八回为十四卷之第三回，全卷尚未完毕也。故前引书末"业已词登十四卷"之说，乃就每卷五回计之；《俗文学史》十七卷之说，则以原本每卷四回计之。其所指之卷帙虽异，然谓许、梁夫妇自六十九回续起则无不同也。又今本第五、十、十五、二十、二十五、三十、三十五、四十、五十、六十诸回之末，亦自云一卷，显与陈氏自叙矛盾，此当出后来改订者之手，与陈书无涉，或即侯香叶所增，亦未可知。许、梁所续亦如陈书原例，每卷计四回，六十九至七十二回为第十八卷，第七十三至七十六回为第十九卷，第七十七至八十回为第二十卷。故七十三回首云"十八卷成登十九"，七十六回云"两卷新词草续成"，八十回末云"十九卷中业已结"，"二十卷中缘分定"。至若七十六回所谓"十五卷成登十六"，八十回谓"业已词登十四卷"，均与每卷四回不合，亦当为后来改订者所增也。

卷帙之关系既明，请进言续书始自六十九回之故。按陈书于六十六回详叙其身世后，至六十八回末复云"仆本愁人愁不已，殊非是拈毫弄墨旧时心"，至此遂尔绝笔。则其下之六十九回当为许、梁之作。七十六回末云"两卷新词草续成"，以每卷四回计，自七十六回上溯八回，亦适为六十九回也。更就六十九回首之作者

自叙观之,其为许、梁之作尤显而易见。原文云:

> 功夺天孙锦作心,独弹古调抚瑶琴;欲观全豹情犹切,漫试雕虫趣亦深。续更自应惭短绠,习勤聊付惜分阴。丹铅销此何长夜,灯烛频挑月影沉。传阅缘再生一部,词登前篇未完成,好比那无尾神龙姿出没,引得人依样葫芦续写临。须要知设身处世为难事;我姑且逢场作戏续余音。

至于续作之年代及与许宗彦之关系两事,以资料不足,难于详考,兹姑就所知者述之。按原书第七十六回末云:"嗟我年近将花甲,二十年来未抱孙。"据此则《再生缘》为50余岁时之作。然此语为何人所述,不得不详论之。考许宗彦卒于嘉庆二十三年戊寅(1818),年51岁(详下《年谱》)。自不得谓"年近将花甲",则此语与许氏无涉也。德绳虽享年77岁(详后),然据阮元《梁恭人传》所载有孙十人、曾孙七人,与"二十年来未抱孙"之说亦不合。按《古春轩诗钞》卷下《静兰忌日奠醊感而赋之》之四有"十年提抱胜诸孙"语,《哭外孙女静兰》十四首之八注亦有"上月从坤孙索钞旧读《古诗十九首》"语,此二诗列于道光十一年(1831)之作后,十四年(1834)《甲午仲春赴邵武舆中口占》前,当为道光十二三年间(1832—1833)之作,时年六十二三岁也。或谓阮元所作之传乃撰于梁氏卒后,其中虽有孙十人之记载乃记其后来之事,或60岁以前尚未有孙。然据上引道光十二三年所作之诗已有"十年提抱胜诸孙"语,则德绳于道光二三年已得孙矣,时则五十二三岁也。按德绳有子六人,唯四儿延敬,六儿延珏为其所生,余均庶出。彼所谓"二十年来未抱孙"者非真无孙,仅谓延敬、延珏尚未生子,故云

"未抱孙"也。兹以其长子延敬事迹考之。按延敬生于嘉庆十年乙丑(1805),卒于道光十四年甲午(1834),年三十,遗有一子善长(详后)。德绳于道光十五年(1835)作《哭四媳》诗有"老泪啼干对藐孤","他年倘得孤儿立"(见《诗钞》卷下)之语,则其时善长幼小可知。今知善长生于道光三年(1823),见善长撰《碧声吟馆谈尘》卷四《归舟安稳图》。时德绳53岁也。然则《再生缘》第七十六回当作于善长未出生之前,德绳50岁以后,即道光元年至三年(1821—1823)德绳51至53岁时。此方与50余岁无孙之事合。《再生缘》续书颇多暮年衰废之语,如第七十二回末云:"怎轻那老去名心渐渐淡,更心兼夜来劳顿不成眠。再编下卷写岁月,未卜何年或次年。"又第八十回末云:"我亦缘悭甘茹苦,悠悠梦寐悟前言。有子承欢万事定,心无挂碍写尘缘。"均可证为衰年倦笔时所作。其中"有子承欢"一语,如指四儿延敬,则当作于道光十四年(1834)延敬去世以前。盖续作十二回亦历多年而成者。如上所述,第七十六回既作于道光元年至三年,乃许宗彦卒后之第四年至六年,与《西泠闺咏》所述"夫妇为足成之"之说不合。按此书后十二回自叙之词,显为妇女口吻。而自第七十二回又为德绳之语,乃作于宗彦下世以后至道光十四年之前。此显然与宗彦无涉也。意者续作草创之初宗彦或参与其事,或曾润饰一二,然执笔与否固非重要也。陈文述记述简略,遂以为十二回全为许、梁夫妇合撰。不知续作之执笔者为德绳,亦不知自第七十二回以下乃撰于宗彦去世以后也。

二、家事及传略

许宗彦家世

许宗彦远祖名柔,字叔刚,始居德清。七世祖名松,生子五,长孚远,为宗彦六世祖。

  许宗彦《鉴止水斋集》卷十九《先考方伯府君行状》:"谨按家谱:许氏自宋绍兴时扈跸南渡。明初名柔字叔刚者,始居德清县德清山之阳。德清山又名乌巾山,号乌山许氏。第六世〔按此就宗彦父家驹言之,下同。〕名松者,生子五:长孚远,前明南都兵部右侍郎,谥恭简,载《明史·儒林传》;少子绍远始居城中,号县东许氏。"(一叶)
  陈寿祺《周生许君墓志铭》:"先世自明初居湖州德清县之乌巾山,号乌山许氏。六世祖孚远,南京兵部侍郎,谥恭简,载《明史儒林传》。少弟绍远始居城东,号县东许氏。"(附《鉴止水斋集》首)
  阮元《浙儒许君积卿传》:"《明史·儒林传》许孚远之后。"(同上)
  蔡之定《许君周生家传》:"君远祖讳柔者,明初居德清之乌巾山,号乌山许氏。第六世讳松,生子五:长孚远,明南京兵

部侍郎,谥恭简,详见《明史·儒林传》;季绍远,始移居城中,君其后也。"(同上)

案:许氏原文措词颇含糊,不易断定为孚远或绍远之后,故陈氏志铭,阮蔡二传虽同本《行状》而说各不同。陈阮二氏均以为孚远之后,而蔡独以为绍远。案许善长《碧声吟馆谈麈》卷一《述祖德诗》引善衍诗明说为孚远后。又云孚远后,镇之前尚有:大受、元钊、伟三世。

高祖煌甲,国学生,赠中宪大夫。

《先考方伯府君行状》:"曾祖煌甲,皇朝国学生,赠中宪大夫,貤赠通奉大夫。"(一叶)

曾祖镇,康熙壬辰(五十一年)进士,翰林院编修,南昌府知府,刑部贵州司主事。

《先考方伯府君行状》:"祖镇,皇朝康熙壬辰进士,翰林院编修,江西南昌府知府,刑部贵州司主事,累赠通奉大夫。"(一叶)

阮元《浙儒许君积卿传》:"曾祖镇,康熙壬辰翰林院编修,江西南昌府知府。"

蔡之定《许君周生家传》:"曾祖讳镇,康熙壬辰进士,翰林院编修。"

陈寿祺《周生许君墓志铭》:"曾大父镇,康熙壬辰翰林,江西南昌府知府。"

祖家驹,字骏仲,乾隆丁卯(十二年)举人,甲戌(十九年)明通,西安学教谕。祖妣蔡氏。

>《先考方伯府君行状》:"考家驹,皇朝乾隆丁卯举人,甲戌明通,西安学教谕,累赠通奉大夫。妣蔡氏诰封太夫人。"(一叶)
>
>阮元《浙儒许君积卿传》:"祖家驹,乾隆丁卯举人,西安学教谕。"
>
>蔡之定《许君周生家传》:"祖讳家驹,甲戌明通,西安县学教谕。"
>
>陈寿祺《周生许君墓志铭》:"大父家驹,乾隆丁卯举人,甲戌明通,西安学教谕。"
>
>潘素心《古春轩诗钞序》:"驾部许周生先生,骏仲先生文孙,方伯春岩先生哲嗣也。"

父祖京,字依之,一字春岩,行四。乾隆乙酉(三十年)拔贡,戊子(三十三年)解元,己丑(三十四年)进士。由内阁中书历官云南驿盐道、云南按察使、广东布政使。著有《书经述》八卷、诗四卷、《许氏族谱》二卷。妣胡氏,封夫人。

>《先考方伯府君行状》:"讳祖京,字依之,一字春岩。先府君伯仲行居四。……三十年乙酉以选拔贡成均,廷试不用。三十三年戊子乡试,领解。己丑会试……遂置第五。……授内阁中书。……充四川乡试正考官,既复命,高庙垂询甚悉。

旋擢云南驿盐道。……明年夏摄臬篆。……明年就擢按察使。……五十年擢广东布政使。……所著《书经述》八卷、诗四卷、《许氏族谱》二卷。配胡夫人……"（一至九叶）

又同卷《先妣胡夫人事略》云："以府君官，封至夫人。"（九叶）

阮元《浙儒许君积卿传》："父祖京，己丑进士，内阁中书，广东布政使。母胡氏。"

蔡之定《许君周生家传》："父讳祖京，乾隆戊子解元，己丑进士，由内阁历任广东布政使。"

陈寿祺《周生许君墓志铭》："考祖京，乾隆乙酉拔贡，戊子省元，己丑进士，由内阁中书历官广东布政使。妣胡夫人。"

宗彦兄弟三人：长翼宗（字晓岑，见蔡之定《许君周生家传》），次宗彦、燮宗；姊妹二人：慈、敏。

《先妣胡夫人事略》："生子女五：子燮宗、女慈殇，翼宗早卒；惟适山阴王氏女敏及宗彦存。"（十叶）

《先考方伯府君行状》："子二：长翼宗，国学生，早卒，先府君命以不孝宗彦之延恩为之后；次即不孝宗彦，嘉庆己未（四年）姚文田榜进士，兵部车驾司额外主事。女一，适山阴王思钧。"（九叶）

陈寿祺《周生许君墓志铭》："妣胡夫人生子二，君其仲也。"

配梁德绳；侧室吴氏、陈氏、崔氏。

阮元《浙儒许君积卿传》:"妻梁氏。"

《梁恭人传》:"恭人姓梁氏,名德绳,号楚生,兵部车驾司主事德清周生许君宗彦配也。"

陈寿祺《周生许君墓志铭》:"夫人梁氏……敦书公女……篴吴氏先卒……陈氏生子延润……篴崔氏生女一。"

子六人:长兆奎〔延恩〕,道光辛巳(元年)举人,国子监助教,嗣翼宗,早卒;次延寀,宛平县齐家庄巡检;次延泽,两淮临兴场大使,出嗣爕宗,早卒(三人均吴氏生);次延敬(梁氏生),邵武知县;次延润(陈氏生),道光己亥(十九年)科举人,候选教谕;次延珏(梁氏生),候选训导。女四:长延䗩,早殇;次延礽(因姜);适徽州陈承勋;次延锦(云姜),适阮元子福(三人均梁氏出);次延□(崔氏生),适胡琮。孙十人,曾孙七人。

陈寿祺《周生许君墓志铭》:"夫人梁氏……敦书公女,生子延敬,延珏;篴吴氏先卒,生子兆奎①,延寀,延泽;陈氏生子延润。女三②:梁夫人出者二:长适原任监察御史孙名球公子承勋;次适现任两广总督阮名元公子福;篴崔氏,生女一,字现任翰林院侍读学士胡名敬公子琮。"

阮元《浙儒许君积卿传》:"子六:兆奎、延寀、延泽、延敬、延润、延珏。女子子三:延锦适元之子福。"

---

① 兆奎亦名延恩,即出嗣翼宗者,见上引《先考方伯府君行状》;又《阮元梁恭人传》云:"侧室子孟与叔,早出继。"孟即兆奎,叔即延泽,未言续谁之嗣,以宗彦兄弟考之,当为爕宗。

② 梁氏长女延䗩早殇(见《鉴止水斋集》卷三十,四五叶),故未列入。

又《梁恭人传》:"所生女娶为予五子妇。……侧室子孟与叔早出继。……延敬屡踬于场屋,援例以府同知赴闽……庶长子兆奎,先登辛巳科贤书;延润则由钱塘籍以己亥科举于乡;延珏及善长(按延敬子)并占仁和籍为学官弟子。……恭人生子二:延敬先卒,延珏,今候选训导。女三:长殇;次适海阳孙氏;三即予五子妇。庶生子四:长兆奎,国子监助教,先卒;次延寀,前宛平县齐家庄巡检;次延泽,两淮临兴场大使,先卒;次延润,今候选教谕。女一,适同里胡氏。孙十人,曾孙七人。"

陈文述《西泠闺咏》卷十五:"许因姜、云姜,皆许周生驾部女。因姜名延礽,适徽州孙氏;云姜名延锦,适扬州阮氏。"

梁德绳家世

梁德绳六世祖名万钟。高祖国仪。曾祖文濂,诸暨训导。祖诗正,东阁大学士,谥文庄;祖母孙氏,继包氏、徐氏。父敦书,字冲泉,工部侍郎。伯父同书,字元颖,号山舟,与其父并包氏出。

许宗彦《鉴止水斋集》卷十七《学士梁公家传》:"公讳同书,字元颖,钱塘人。……因称山舟先生。高祖〔按指同书之高祖〕讳万钟。曾祖讳国仪。祖,诸暨训导,讳文濂。并以文庄相国贵,赠如其官。训导公有三子:长翰林院编修讳启心;次赠太傅谥文庄东阁大学士讳诗正;次癸酉科举人知蠡县事讳梦善。文庄生二子：长即公；次少司空冲泉先生讳敦书。编修公无子，嗣公为后。文庄公元配孙氏，继包，继徐；公与少司空并包夫人出。"（六至七叶）

德绳兄弟玉绳、履绳、宝绳；玉绳出嗣同书。姊瑶绳。

《学士梁公家传》："玉绳，仁和县增贡生，少司空长子，嗣为公后。"（十一叶）

陈文述《孝慈汪宜人传》："工部侍郎讳敦书字冲泉者，宜人之外祖也。乾隆戊申举人讳履绳，著《清白居士集》，后学称处素先生及官广西太平府知府讳宝绳字接山者，宜人之母舅也。"（附《自然好学斋诗钞首》）

陈文述《西泠闺咏》卷十五："梁夫人名瑶绳，相国文庄公孙女，冲泉司空女，处士汪天潜室，子妇汪端母也。"

又："梁楚生，相国文庄公孙女，冲泉司空次女。"

据此则瑶绳当为长女，即德绳姊也。

总结上文，作许、梁两家世系表如次：

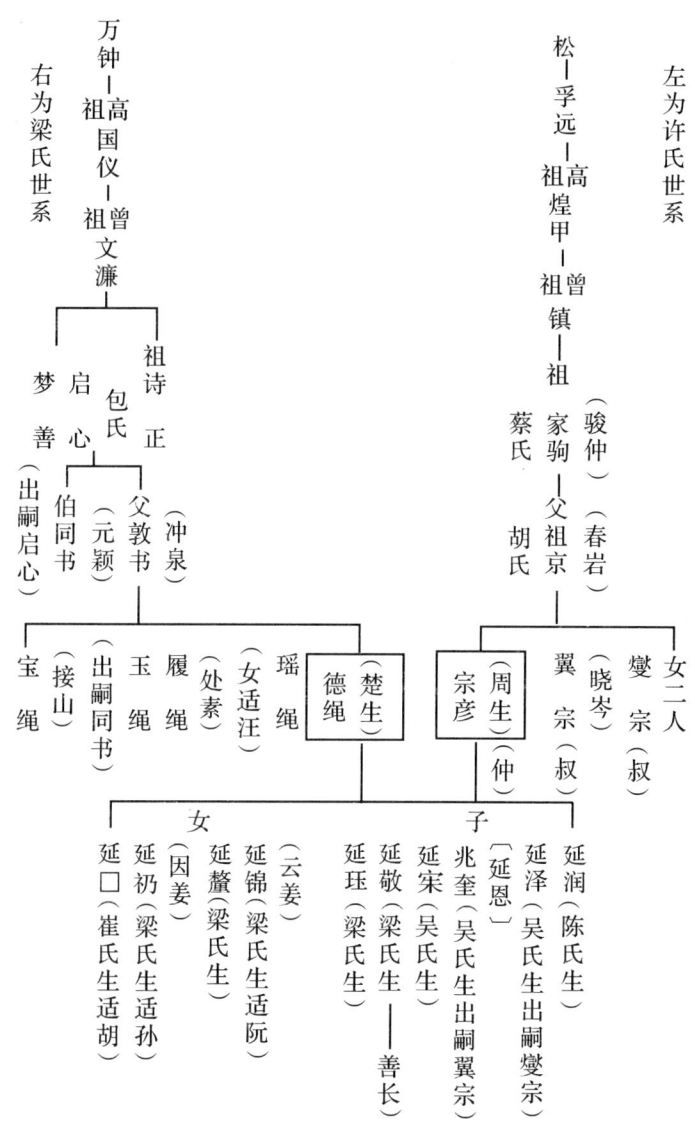

许宗彦传略

宗彦原名庆宗,字积卿,一字周生,浙江德清人,寓杭州如松坊。

陈寿祺《周生许君墓志铭》:"君讳宗彦,榜名庆宗,后改今名,字积卿,一字周生。浙江德清人,寓杭州如松坊。"

阮元《浙儒许君积卿传》:"许君名宗彦,字积卿,又字周生。浙江德清人。"

少多疾。

《鉴止水斋集》卷十一《本草经疏辑要序》中云:"余自少至长,多底滞之病,恒治药饵,遂留意于医。"(七叶)

又卷十四《鉴止水斋记》:"少便多病。"(二十一叶)

陈寿祺《周生许君墓志铭》:"君少多病。"

性孝友和易,人有急必周之。

阮元《浙儒许君积卿传》:"君性孝友,偶以礼部试离亲左右,即泣不忍别;随父任,先意承志,曲尽孝力。事兄事女兄皆悌爱胝挚。虽性情和平,神理澄淡,然见者皆肃然敬之。"

蔡之定《许君周生家传》:"君孝友过人,伯兄晓岑遗女仅三龄,幼育长嫁,抚之不啻所生。姊适王氏居郡城,君闻其病,冒风雪走百里外,躬视医药,姊病赖以痊。性和易,虽卑幼奴隶,未尝轻加呵谴。平居不苟言笑,不轻然诺。人有急必周之,尤加意寒士。凡有义举,捐输恒倍他人;梁宜人有同志,每助之施。"

恬淡无宦情,中年既两遭大故,体益弱,更无意进取,杜门读书垂二十年。

  阮元《浙儒许君积卿传》:"君自入兵部后,两月即以亲老引病归,丁母忧复丁父忧,既免丧,犹恋恋然。恶衣疏食,恬淡无宦性,遂不复仕。居杭州,杜门以读书为事。"

  蔡之定《许君周生家传》:"君念伯兄早世,膝下乏人,亲政两月,即假归,日偕妇梁宜人承欢左右,冀慰亲心。既而胡夫人及方伯相继辞世,君素羸,两遭变故,悲哀过情,体气弥弱,遂无意进取,颜其室曰止水,以见志。杜门著书垂二十年。"

  陈寿祺《周生许君墓志铭》:"通籍后,念亲老兄亡,不敢违养而仕,就官一月,遽引疾归。亲殁,卒不出。此其仁孝而遗荣利也。"

  《鉴止水斋集》卷十四《鉴止水斋记》:"少便多病,四十以外,遂同衰暮,既畏日寒,复怯风,怔忪间作。……"(二十一叶)

所与游者有黎简、林浚、孙尔准、严元照、徐养原等。

蔡之定《许君周生传》:"慎交友,所与游者,粤中则黎简、林浚、金匮孙尔准、归安严元照、同邑徐养原昆仲,并学行中人。"

按:《鉴止水斋集》中涉及诸人之作,计有:《孙平叔(尔准)招游花坞遇雨》《九日同黎二樵(简)韩旭亭丈(是升)孙平叔(尔准)林明斋(浚)登粤秀山》《平叔将归二樵以秋林写真赠行并系以诗平叔属仆继作以志友朋惓惓之意》《赠别平叔》《次韵二樵送平叔后作》《次韵二樵怀平叔兼以示仆》《次韵二樵见怀索芙蓉花种兼寄平叔》《次韵二樵见怀》《送候贞友秀才(云松)还金陵兼寄平叔》《即景学二樵体》《寄二樵》《寄平叔》《五月十二日薄莫睡起作寄二樵》《泊芦包去岁平叔泊此以书见寄》〔以上卷一〕《题黎二樵五百四峰草堂诗却寄》〔以上卷三〕《正月十六夜梦送平叔北行作诗四句醒后枕上复作起结四语足之》《将往无锡先寄平叔》《无锡与孙三别》〔以上卷四〕《丁卯中秋同严九能(元照)表弟鉴止水斋夜话》《小饮九能斋中善子侍坐甫离褆褓风度老成他日九能为善子索诗作此以赠》〔以上卷五〕《同徐新田(养原)严九能游慈相院》〔以上卷六〕《送平叔之闽》《奉邀平叔偕严邓两太守至阜亭山看桃花》《次前韵和严九能》〔以上卷七〕《过九能夜话观宝鼎二年甄》《怀九能》《哭严九能》〔以上卷八〕《洞仙歌平叔》《满江红落梅同严九能作》〔以上卷九〕诸首,足征其交游之迹。

早年工于词章,后改治经学。

《鉴止水斋集》卷十《寄答陈恭甫同年书》:"宗彦窃自惟

生平思过于学,而学又屡迁:二十以前专务词章,二十以后,始知经学。"(十三叶)

陈寿祺《周生许君墓志铭》:"君又工为古文诗词。"

蔡之定《许君周生家传》:"诗古文词,心匠独出。"

其治经染其乡先辈之泽,又与诸尊宿游,益湛深经术。其学务求六经大义,不屑校雠文字,掇拾残经;而持论得汉宋之平。

陈寿祺《周生许君墓志铭》:"周生濡染其乡黄太冲、万充宗、季埜、胡渭生、毛大可、朱锡鬯、全绍衣、杭大宗诸先进之泽,又与当时通儒名德程易畴、钱晓征、段若膺、姚姬传、王兰泉诸尊宿游,上下议论,益湛深经术。其学务求六经大义,深观自汉以来二千年治乱得失,究古今儒术隆替,文章真伪;不屑屑校雠文字,辨析偏旁训诂,不乐掇拾零残经说,不惑于百家支离曼衍迂疎寡效之言。"

阮元《浙儒许君积卿传》:"其学说能持汉宋儒者之平。"

《周庙祧考世室考》能发刘歆等所未能明;《转注说》披抉纰缪,虽大师无以易;《禹贡三江说》证《汉志》与《禹贡》三江无与;《礼论》《治论》诸篇则稽古证今;而尤精于天文,其《日行》诸解辨戴震之误。

陈寿祺《周生许君墓志铭》:"讨论经史多精诣。考周五庙二祧……诸经无文武二庙不毁之语,误始于韦元成,而刘歆因之,郑康成又因之。……说《禹贡》三江……以为《汉志》

言……与《禹贡》三江无与。……说六书转注……闳辨卓识,披抉纰缪,虽大师魁儒卒无以易之。……君通天算,在岭南尝问西法于富郎济亚……所著《太阳行度解》,洞彻微妙,皆言天家所未及。"

阮元《浙儒许君积卿传》:"其《周庙祧考世室考》,叙能发韦元成、刘歆、郑康成、王肃所未能明。……其他如日行诸解,辨王寅旭、戴震之误。《礼论》《治论》诸篇,稽古证今,通达政体。"

蔡之定《许君周生家传》:"尤精于天文,得西洋推步秘法,自制浑天球,别具神解。"

所著有《鉴止水斋文集》十一卷、诗八卷、词一卷,生时锓其半,后由梁德绳手定,梁谏庵编校而成。别有《鉴止水斋藏书目》四卷。

蔡之定《许君周生家传》:"著有《鉴止水斋文集》十一卷、诗八卷、诗余一卷,皆卓卓可传。"

陈寿祺《周生许君墓志铭》:"既逝,其孤延敬等赴于闽,且曰:先君子有集二十卷,生时锓其半,方属谏庵舅氏编校。"

陈文述《西泠闺咏》卷十五:"驾部既没,遗集皆夫人手定。"

《文澜学报》第二卷三四期(《浙江文献展览会专号》)三七九面著录《鉴止水斋藏书目》云:"四卷。一册。清德清许宗彦编。排印本。浙馆藏。"解题云:"宗彦字积卿,号周生,嘉庆己未进士,授兵部车驾司主事。好藏书,鉴止水斋中,插驾累累,观此目可见。久侨杭城,马市街旧寓,尚可过访,其斋额则为瑞安林大同所得,林君且以移颜其居,盖林君生前固学宗其乡先哲陈止斋(傅良)、叶水心(适)之学者云。"

梁德绳传略

梁氏生平传略,仅有《古春轩诗钞》卷首所附阮元《梁恭人传》等,兹分别录之。阮传云:

> 恭人姓梁氏,名德绳,号楚生,兵部车驾司主事德清周生许君宗彦配也。驾部年十九,与予同举丙午科乡试,予齿长驾部四岁。后十有三年,予副朱文正公典己未科会试,驾部甫成进士;是科得人称最盛,驾部以经学冠其曹。既分部视事,甫三月以亲老乞归,不复仕。家事悉弗问,皆恭人主之;以故驾部益得覃研经史疑义,兼精天文算法,杜门却扫,优游林泉者,凡二十载。予于驾部相契深,且素重恭人贤,所生女,娶为予五子妇,因知恭人之贤而才。又最悉恭人为文庄相国女孙,冲泉少司空之女。虽出簪缨贵族,而不骄不侈,能以礼法自持。许氏族亦盛,恭人上事姑嫜,下襄夫子,九族之人无闲言。初恭人侍其舅方伯公粤东任所,重姑蔡太夫人在堂,性严厉,恭人颇得驩心;方伯公与胡夫人尤爱怜之。既而方伯公告养,偕居杭;不十年先后俱弃养,经营丧葬,半出恭人赞襄之力。岁戊寅,驾部又不禄。时侧室子孟与叔早出继,恭人命与仲三人分居于德清旧宅,曰:先人庐墓之所在,子若孙安可违耶?所生子延敬、延珏与侧室子延润均未逮成童,恭人延名师以教

之;所与交必通名于恭人,察其有器识文艺者而后命之交,吴薇客太史甫入泮,恭人即决其不凡,招与伴诸子读,又申之以婚姻,恭人之识鉴诚加人一等矣。诸子秉恭人教,咸克自成立。而恭人事事亲操持,如驾部在时,不使纷心于家政。食指日繁,家计渐不给,然恭人综理之井井有条,裕如也。遇义举无不赞成;亲戚有告急者,恒捐簪珥以助之。延敬屡踬于场屋,援例以府同知赴闽,迎恭人就养,未及一载,殁于官;恭人抚遗孤善长挈归杭,复如所以教其子者以教孙。庶长子兆奎,先登辛巳科贤书;延润则由钱唐籍以己亥科举于乡;延珏及善长并占仁和籍,为学官弟子:名誉啧啧贤士大夫口。恭人顾之有喜色,督责仍不少宽。恭人处富贵若贫贱,安不忘危;积劳数十年,而心力至是盖交瘁矣。今岁春,延润计偕北上,道出广陵谒予,问恭人起居,犹健饭,未几,骤闻讣。延珏旋寓书于予,乞为传。呜呼!天何不再使恭人见其子若孙掇巍科跻清班!而延珏辈思报庇赖之恩当如何无忝所生,更有以慰恭人于地下也!恭人平生无世俗之好,唯耽吟咏,自幼随宦,身行万里,半天下,且得江山之助,著有《古春轩诗钞》。恭人有女兄适于汪,早卒,遗女端,恭人鞠养之,授以诗;尝选明一代人之诗而评定之,足阐《明史》是非,亦恭人之教也。(下叙生卒及子女略)

旧史氏曰:《诗》云:"厘尔女士,从以孙子。"康成谓女而有士行者,天使生贤知之子孙以随之。予昔闻延敬之官于闽也,初权邵武府同知,继摄邵武县事,会水灾议恤民,延敬请恭人命而后行,同僚皆叹服。延敬爱以勤死,民奉以为神;恭人归,泣而送者数千人。恭人性明敏,有决断,能识大体,往往论古今事必穷其端委,而辞不穷,使听之者每忘疲。若恭人者可谓女之有士行者矣。"孝子不匮,永锡尔类。"其亦知所勉欤?

潘素心《古春轩诗钞序》(道光二十六年丙午)叙其生平云:

……今年春,恭人枉书以所著《古春轩集》介部郎来属为弁言,于是乃得快读恭人之诗,和平温厚,得风人之遗。自幼随尊甫冲泉少空于粤、于闽、于荆楚,又随驾部省方伯公复游粤,晚年就养四公子任,复游闽,山川云物,荡涤性灵,烟墨所染,自成馨逸。……

陈文述《西泠闺咏》卷十五《古春轩咏梁楚生夫人》云:

梁楚生,相国文庄公孙女,冲泉司空次女,德清许周生驾部室,子妇汪端姨母也。博雅能文,《咏紫牡丹》诗有"兰前香染昭容袖,帘外春深宰相袍"句。驾部既没,遗集皆夫人手定。

一函缃帙护灵芸,玉艳花明最出群。宰相门楣苏许国,神仙眷属魏成君。青山驻窗吟春树,绿水停桡倚暮云。闻道玉台亲点笔,浣花笺纸妙香熏。

三、年谱

乾隆三十三年　戊子　1768

许宗修正月初一日生，1岁。

蔡之定《许君周生家传》："乾隆戊子年正月初一日子时生。"（附《鉴止水斋集》首）

陈寿祺《周生许君墓志铭》："其生以乾隆三十三年正月初一子时。"（同上）

是年父祖京（春岩）妣胡氏均37岁。（雍正十年壬子1732生）

许宗彦《鉴止水斋集》卷十九《先考方伯府君行状》："不孝生时先府君已三十七。"（八叶）

又同卷《先妣胡夫人事略》："先府君与先妣同邑同岁生，府君以七月，先妣以六月，盖长府君者四十五日。"（九页）

父乡试领解。

《鉴止水斋集》卷十九《先考方伯府君行状》："三十三年戊子乡试领解。"（同上二叶）

蔡之定《周生许君墓志铭》："考祖京乾隆乙酉拔贡，戊子省元。"

王昶（兰泉）44岁。（雍正三年乙巳1725生，见《历代名人生卒年表》）

生珏（石君）38岁。（雍正九年辛亥1731生，见朱锡经《朱文正公年谱》）

姚鼐（姬传）38岁。（雍正九年辛亥1731生，见《历代名人生

卒年表》,姚莹《姚先生家传》)

阮元(云台)5岁。(乾隆二十九年甲申1764生,见《历代名人生卒年表》)

乾隆三十四年　己丑　1769

许宗彦2岁。

父祖京38岁,会试第五名中式,授内阁中书。

《鉴止水斋集》卷十九《先考方伯府君行状》:"己丑会试……遂置第五……授内阁中书。"(二至三叶)

阮元《浙儒许君积卿传》、蔡之定《许君周生家传》、陈寿祺《周生许君墓志铭》所载同。

是年陈端生在登州撰《再生缘》第三十三回以下。(见上文)

乾隆三十五年　庚寅　1770

许宗彦3岁。

友人孙尔准(平叔)生。(见《历代名人生卒年表》)

乾隆三十六年　辛卯　1771

许宗彦4岁

梁德绳十月初五日生,1岁。

阮元《梁恭人传》:"恭人生于乾隆辛卯年十月初五日卯时。"

乾隆三十七年　壬辰　1772

许宗彦5岁,母授以陶诗。

蔡之定《许君周生家传》:"有宿慧,年四五时母胡夫人口授陶诗,辄解其意。"

梁德绳2岁。

乾隆三十八年　癸巳　1773

许宗彦6岁,居京师,母授以魏三祖诗。

《鉴止水斋集》卷五:诗有《宗彦六岁侍先大夫都邸母夫人手录魏氏三祖诗于灯下教之》……(二二叶)

梁德绳3岁。

表弟严元照(九能)生。(见《历代名人生卒年表》)

乾隆四十年　乙未　1775

许宗彦8岁,父擢内阁侍读学士。

《鉴止水斋集》卷十九《先考方伯府君行状》:"四十年内阁缺侍读……遂以先府君拟正,得擢用。"(三叶)

梁德绳5岁。

乾隆四十一年　丙申　1776

许宗彦9岁,已能属文。

阮元《浙儒许君积卿传》:"君生有异质,九岁能读经史,善属文。时中书君主刘文正公家,文正公见君甚器之。"

蔡之定《许君周生家传》:"君幼有神童目,当代名公宿儒咸器重之:刘文正公谓他日必为名儒;费文恪公、谭古愚中丞以为异常儿。……九岁能属文。"

梁德绳6岁。

乾隆四十二年　丁酉　1777

许宗彦10岁,能自学。

阮元《浙儒许君积卿传》:"君十岁即不从师,经史文章皆自习之。"

《鉴止水斋集》卷六诗有《十龄尝诵陶诗今四十三岁矣灯下展诵感于总角闻道白首无成聊赋此章》(三叶)

案:诗作为嘉庆十五年庚午43岁之作。十龄诵陶诗,可证阮传自习之说有据。

是年五月父祖京充四川乡试正考官。

《鉴止水斋集》卷十九《先考方伯府君行状》:"四十二年……五月充四川乡试正考官。"(三叶)

梁德绳7岁。

乾隆四十三年　戊戌　1778

许宗彦11岁。父祖京擢云南驿盐道,携之任。王昶作《积卿字说》赠之。

《鉴止水斋集》卷十九《先考方伯府君行状》:"四十二年……五月充四川乡试正考官,既复命,高庙垂询甚悉。旋擢云南驿盐道。"(三叶)

阮元《浙儒许君积卿传》:"青浦王公昶爱其才,作《积卿字说》,载《春融堂集》。"

蔡之定《许君周生家传》:"王兰泉司寇作《积卿说》以赠。——积卿君初字也。"

王昶《春融堂集》卷三十五《许积卿字说》:"许子庆宗性聪颖,异于常人,年十一则已能通《五经》、《史》、《汉》及韩柳欧苏文,放笔为诗与论皆文从字顺,骎骎窥作者户牖。岁戊戌正月,其尊甫春岩观察将携以赴滇,抠衣肃襟来而请曰:原有以字也。于是字之曰积卿。……春岩观察天下善士也,告以斯言,必将辟耳而诏有以进积卿也夫!"(光绪刊本十三叶)

梁德绳8岁。

乾隆四十六年　辛丑　1781

许宗彦14岁。父祖京摄云南臬司。

《鉴止水斋集》卷十九《先考方伯府君行状》:"四十五年总督婪贿事发……明年夏摄臬篆。"(四叶)

梁德绳11岁。

乾隆四十七年　壬寅　1782

许宗彦15岁。父祖京擢云南按察使。

《鉴止水斋集》卷十九《先考方伯府君行状》:"明年就擢按察使。"(四叶)

梁德绳12岁。

乾隆四十九年　甲辰　1784

许宗彦17岁。父由云南入觐。

《鉴止水斋集》卷十九《先考方伯府君行状》:"四十九年入觐。"(五叶)

梁德绳14岁。

是年陈端生续《再生缘》第六十六回至六十八回,至此遂绝笔。(见上)

乾隆五十年　乙巳　1785

许宗彦18岁。父祖京任广东布政使,随之任。交蔡之定。

《鉴止水斋集》卷十九,《先考方伯府君行状》:"五十年擢广东布政使。"(五叶)

蔡之定《许君周生家传》:"岁乙巳余薄游岭南,始识君于藩署,一见心契,引为忘年交。"

梁德绳15岁。

乾隆五十一年　丙午　1786

许宗彦19岁,由粤至京,举丙午顺天乡试。

阮元《浙儒许君积卿传》:"丙午举于乡。"

蔡之定《许君周生家传》:"乾隆丙午举顺天乡试。"

陈寿祺《周生许君墓志铭》:"举乾隆五十一年乡试。"

梁德绳16岁。

是年阮元23岁,亦中乡试。(见阮元《梁恭人传》)

乾隆五十二年　丁未　1787

许宗彦20岁。

梁德绳17岁。

是年举行丁未科会试。

乾隆五十四年　己酉　1789

许宗彦22岁。

梁德绳19岁。

是年预行正科会试。阮元中进士。(见《揅经室文集》二集)

乾隆五十五年　庚戌　1790

许宗彦23岁。

梁德绳20岁。

是年举行恩科会试。

乾隆五十六年　辛亥　1791

许宗彦24岁。九月在粤游粤秀山,有诗。

《鉴止水斋集》卷八《轶韩旭亭先生》诗注云:"乾隆辛亥,先生在粤,尝于九日招宗彦及二樵、哲侯、平叔诸人,为粤秀山之会。"(十四叶)

又卷一《九日同黎二樵(简)韩旭亭丈(是升)孙平叔(尔准)林明斋(浚)登粤秀山》(五至六叶),当作于是年。

梁德绳21岁。

乾隆五十七年　壬子　1792

许宗彦25岁,仍在粤东。

《鉴止水斋集》卷十七《杭太史别传》:"乾隆辛亥壬子间,先君

子藩粤东,太史子宾仁携《道古堂诗文集》至,为刊之,因得见太史它所撰著。今二十岁年矣。"(四叶)

梁德绳22岁。

乾隆五十八年　癸丑　1793

许宗彦26岁,应会试落第。始读梅氏算学书。

《鉴止水斋集》卷十一《经书天文考序》:"宗彦少时未知有历算之学,癸丑春闱被放,于燕市买得《梅氏丛书》读之,不能尽晓。"

梁德绳23岁。

是年汪端生。(见《历代名人生卒年表》)

乾隆五十九年　甲寅　1794

许宗彦27岁。父祖京乞养归里。作《六月二十四日侍大人自粤东归留别杂诗》20首。(卷三)

《鉴止水斋集》卷十九《先考方伯府君行状》:"五十九年以蔡夫人年高,乞养归田。"(六叶)

梁德绳24岁。

案阮元《梁恭人传》所云:"初恭人待其舅方伯公粤东任所。"当为五十九年离任以前事,今不知在何年,姑附记于此。又许氏夫妇结褵何年,《鉴止水斋集》《古春轩诗钞》两书中均无可考见,然以年推之,当更在其前也。

是年阮元由山东学政调浙江学政。(见李元度《先正事略》卷二十一)

乾隆六十年　乙卯　1795

许宗修28岁。

梁德绳25岁。

是年举行恩科会试。

嘉庆元年　丙辰　1796

许宗彦 29 岁。祖母蔡氏卒。

《鉴止水斋集》卷十九《先考方伯府君行状》："嘉庆元年丁蔡夫人忧。"（六叶）

是年举行丙辰恩科会试。

案《鉴止水斋集》卷十四《鉴止水斋记》云："志奢才狭，屡踬场屋。"（二十一叶）又卷十九《先考方伯府君行状》云："不孝十九岁外，以礼部试，往来都中，不恒在侧。"（八叶）又卷一《乘月夜行晨至黄洞过峡山巳三十里诗》云："七年八过清远峡"（十六叶），《云封寺张曲江祠》诗亦有"七度往来成熟客"（十八叶）句。疑乾隆丁未、己酉、庚戌、乙卯及嘉庆丙辰等科，宗彦均应试落第（癸丑试而未售已有明文），上列二诗，似亦前数次应试途中往返时之作也。

梁德绳 26 岁。

嘉庆四年　己未　1799

许宗彦 32 岁，成进士，授兵部车驾司主事，三月即告归。

《鉴止水斋集》卷十九《先考方伯府君行状》："子二；……次即不孝宗彦，嘉庆己未姚文田榜进士，兵部车驾司额外主事。"（九叶）

阮元《浙儒许君积卿传》："嘉庆己未成进士，授兵部车驾司主事。是科得人最盛。朱文正公（珪）曰：经学则有张惠言等，小学则有王引之等，词章则有吴嵩等，兼之者宗彦乎？……君自入兵部，后两月即以亲老引病归。……元与君同举于乡，己未会试元副朱文正公，为君座主。"

又《梁恭人传》："后十有三年，予副朱文正公典己未科会试，驾部甫成进士。是科得人称最盛，驾部以经学冠其曹。既分部视事，甫三月，以亲老乞归，不复仕。"

蔡之定《许君周生家传》:"嘉庆己未成进士。是科得人极盛,总裁朱文正公尤重君,尝曰:经学则有张惠言,小学则有王引之,词章则有吴鼒等,兼之者其许某乎?释褐分兵部,时方伯告养在籍,奉母太夫人蔡居杭城〔案宗彦祖母蔡氏已于嘉庆元年卒,此处有误〕。君念伯兄早世,膝下乏人,观政两月即假归。"

陈寿祺《周生许君墓志铭》:"嘉庆己未虽未试鸿博,然是科进士人才之盛,论者谓不在康熙乾隆两大科下,其中卓荦兼赅众长者,莫如武进张皋文与德清许周生。……嘉庆四年进士,兵部车驾司主事。"

梁德绳29岁,作《闻夫子捷南宫诗》。(《古春轩诗钞》卷上十一叶)

名纸传来一骑飞,知君柳色上春衣,十年璞在思徒切,九转丹成愿未违。长路才看舒骏足,寸心终合恋兰晖;团圞最是中秋月,更数金钱卜早归!

是年十月阮元任浙江巡抚。(见《揅经室二集》卷一《显考湘圃府君行状》)

嘉庆六年　辛酉　1801

许宗彦34岁,二月妣胡氏卒,年70。

《鉴止水斋集》卷十九《先妣胡夫人事略》:"先妣殁四年又丧我先府君,府君卒年七十四,先妣年七十。……夫人卒于嘉庆六年二月初六日,是年十一月葬于武康十七都春冈岭下。"(九至十叶)

又《先考方伯府君行状》:"先府君配胡夫人先四年卒。"(九叶)

案祖京卒于嘉庆十年乙丑,故云"先四年卒"。

梁德绳31岁。

嘉庆七年　壬戌　1802

许宗彦 35 岁。

梁德绳 32 岁。

同年张惠言（皋文）卒，年 42。（乾隆二十六年，1761 生；见《历代名人生卒年表》）

嘉庆八年　癸亥　1803

许宗彦 36 岁。

是年王昶年 80，作王少司寇八十寿序（卷十一）文云："岁纪癸亥，公寿跻八秩……公不以宗彦不文，命之使序。"（十叶）是应王氏之命而作。

九月作《重修孝慈庵碑记》（卷十二）。

梁德绳 33 岁。

嘉庆九年　甲子　1804

许宗彦 37 岁，构《鉴止水斋》。阅岁乃成。

《鉴止水斋集》卷十四《鉴止水斋记》："嘉庆甲子岁始构书舍于杭城如松坊宅之东偏。……阅岁乃毕。"（二十至二十一叶）

三月作《五行大义序》（见卷十一）。

梁德绳 34 岁。

嘉庆十年　乙丑　1805

许宗彦 38 岁，鉴止水斋落成。二月父祖京卒，年 74，作《先考方伯府君行状》及《先妣胡夫人事略》（卷十九）。

《鉴止水斋集》卷十九《先考方伯府君行状》："嘉庆十年二月二十一日卯时卒于仁和如松坊第。……谨就苫次追忆闻见，撰序为状。"（六至九叶）

又同卷《先妣胡夫人事略》："府君卒年七十四……嘉庆十年某

月日不孝宗彦将奉先府君柩合葬。……附于《先府君行状》之后。"（九至十叶）

梁德绳35岁。四儿延敬生。作《新屋落成月下置酒书以志喜》（卷下）。

《古春轩诗钞》卷下《哭四儿》十二首之二注云："先夫子捐馆，儿年十四，即能主持家政，茕茕母子相依，于今又十七年矣。"（十二叶）

《鉴止水斋集》卷六《夏日杂诗》第二首云："阿定才七龄。"（十叶）

案：许宗彦卒于嘉庆二十三年庚寅，以其时延敬年十四推之，其生年乃在嘉庆十年也。又《夏日杂诗》作于嘉庆十六年辛酉，其时阿定年七龄，上溯六年亦为嘉庆十年。故知阿定即四儿延敬之乳名。

是年六月阮元丁父忧去官。（见《先正事略》卷二十一）

嘉庆十一年　丙寅　1806

许宗彦39岁。作《吴台卿哀辞》（卷十九）、《丙寅季冬五日》四首（卷四）。

梁德绳36岁。

是年十一月五日座主朱珪（石君）卒，年76。（生于雍正九年辛亥，见朱锡经《朱文正公年谱》）

嘉庆十二年　丁卯　1807

许宗彦40岁，作《丁卯中秋同严九能表弟元照鉴止水斋夜话九能旧要予作香修诗予托胡晋卿缙代作四章九能意颇不满晋卿今已下世诗宜还之别作八章章中事多隐括九能口说也》（卷五）、《梁山舟侍讲重宴鹿鸣恩进学士诵德抒怀敬呈长律七十韵》（卷五）。

案:《鉴止水斋集》卷十七《学士梁公家传》云:"嘉庆十二年丁卯科浙抚清安泰奏公宜重宴鹿鸣,奉命与宴。"可定《重宴鹿鸣》诗为是年作。

梁德绳37岁。

是年王昶(兰泉)卒,年83。(生于雍正三年乙巳1725,见《历代名人生卒年表》)阮元再抚浙江。(见《先正事略》卷二十一)

嘉庆十四年　己巳　1809

许宗彦42岁,作《己巳元日早至天竺集诗牌二咏》一首(卷五)、《己巳九月自杭至嘉禾道中默记战国策因成七首》(卷五)、《族侄妇戴宜人事略》(卷十七)。

梁德绳39岁。

是年阮元罢浙江巡抚。(见《先正事略》卷二十一)

友人洪亮吉(稚存)卒,年64。(乾隆十一年1746生,见《历代名人生卒年表》)

嘉庆十五年　庚午　1810

许宗彦43岁,作《十龄尝诵陶诗今四十三岁矣灯下展诵感于总角闻道白首无成聊赋此章》二首(卷六)。

梁德绳40岁。

嘉庆十六年　辛未　1811

许宗彦44岁,作《夏日杂诗》21首(卷六),首有小序云:"辛未长夏,酷暑无俚,昼卧小簟,时复有作;非一日所有,不可次序。聊复存之,题曰《杂诗》。"

梁德绳41岁,汪端至杭州,与之倡和。(见《自然好学斋诗钞》卷二《辛未春日返棹武林赋呈楚生姨母即用赐题明湖饮饯图原

韵》)

嘉庆十七年　壬申　1812

许宗彦45岁,冬为汪端《自然好学斋诗钞》作序(见原书首),作《寿梁山舟学士九十》诗(卷六)。

案:《鉴止水斋集》卷十七《学士梁公家传》云:"至二十年七月十五日卒,年九十三。"(九叶)从二十年上溯四年,为十七年,是年梁氏九十,此诗亦当作于十七年。

梁德绳42岁。

嘉庆十九年　甲戌　1814

许宗彦47岁,是年阮元年50,作《阮云台师五十寿诗》四首(卷六)。

梁德绳44岁。

嘉庆二十年　乙亥　1815

许宗彦48岁,作《祭学士梁公文》(卷十九)、《挽梁山舟学士》诗四首(卷八)、《挽姚姬传先生》诗二首(卷八)。

案:《鉴止水斋集》卷十七《学士梁公家传》云:"至二十年七月十五日卒,年九十三。"(九叶)则祭文挽诗亦当作于是年。

梁德绳45岁。

是年姚鼐(姬传)卒,年85。(生于雍正九年辛亥,见姚莹《姚先生家传》,《历代名人生卒年表》)

嘉庆二十一年　丙子　1816

许宗彦49岁,作《丙子冬夜追记粤东市舶诗》(卷八)。是年蔡之定回里,时至杭州,过从甚密。

蔡之定《许君周生家传》:"丙子夏,余告归,每之武林,君必虚榻以待。"

梁德绳46岁。

是年阮元任两广总督。（见《先正事略》卷二十一）

嘉庆二十三年　戊寅　1818

许宗彦51岁，作《哭严九能》诗二首（卷八）。冬患喘逆病剧，至腊月已不能谷食，病中犹作《三文学合传》（卷十七）。

《古春轩诗钞》卷下云："戊寅冬先夫子病革时，前一月即厌烟火食，惟日食果品。"（九叶）

蔡之定《许君周生家传》："先是君以葬亲择地，隆冬周历深山，中风寒，浸渍久，患肺嗽疾不时作。戊寅冬，喘逆益剧。至腊月不能谷食，日食瓜果饮清水；然神明始终不乱，犹为汪家禧、杨凤苞、严元照作《三文学合传》。"

易簀前一日作《阑干》《绝笔》各一首（卷八）。

陈寿祺《周生许君墓志铭》："易簀前一日作诗词，意悃忱若有所见，终篇有'峡中只觉森沉甚，雷雨宵来未可寻'之语。《绝笔》诗云：'一枝柱杖沿山远，流水孤云酿雪初。'"

阑干　易簀前一日作

一曲阑干映碧浔，推门瞥见落花深；玲珑只解藏疏影，宛转还宜惜碎金。竟体神光归小立，一痕衫影足诗心；峡中只觉阴沉甚，雷雨宵来未可寻。

绝笔

闲坐春风五十一，不堪归去落花无；一枝柱杖沿山远，流水孤云酿雪初。

十二月二十二日卒。

阮元《浙儒许君积卿传》："君以嘉庆二十三年十二月二十二日卒于杭州，年五十有一。"

蔡之定《许君周生家传》:"延至二十有二日而逝,年五十一。"

陈寿祺《周生许君墓志铭》:"二十三年十二月廿二日卒。"

梁德绳四十八岁,作《戊寅八月九日三女随□赴粤书此付之》四首(《古春轩诗钞》卷下)、《三女濒行再成一律示之》(卷下)。

是年表弟严元照(九能)卒,年四十六岁。(乾隆三十八年,一七七三生,见《鉴止水斋集》卷十七《三文学合传》及《历代名人生卒年表》)

道光元年　辛巳　1821

许宗彦卒后之第四年。

梁德绳51岁。

是年侯香叶改本《再生缘》刊行。(见原书卷首《自序》)

庶长子兆奎是年乡试中式。

阮元《梁恭人传》:"庶长子兆奎,先登辛巳科贤书。"

道光三年　癸未　1823

许宗彦卒后之第六年,十月葬于杭州留下花家山。

陈寿祺《周生许君墓志铭》:"君卒后六年为道光三年,以十月二十日葬于留下之花家山。"

梁德绳53岁。

是年延敬之子善长生。

许善长《碧声吟馆谈麈》卷四《归舟安稳图》条云:"余生于道光癸未。"

道光十一年　辛卯　1831

许宗彦卒后之第14年。

梁德绳61岁,有诗一首,题云:"戊寅冬先夫子病革时,前一月即厌烟火食,惟日餐果品。有食剩蒲桃核遗于寝室庭前,殁后抽蔓一枝,日渐成荫,青葱可爱,未死人视之尤增感悼。曾默祝云:幼子中倘有成立者,此枝结子。今十四年矣,居然结子三枝。其后或有成立者,以应此兆,预为相报少慰吾心耶!因成断句一章,以志悲怀兼勖儿辈。"(《诗钞》卷下九叶)

道光十二年　壬辰　1832

许宗彦卒后之第15年。

梁德绳62岁。

是年许氏知友孙尔准(平叔)卒,年63。(见《历代名人生卒年表》)

道光十三年　癸巳　1933

许宗彦卒后之第16年。

梁德绳63岁。

道光十四年　甲午　1834

许宗彦卒后之第17年。

梁德绳64岁。四儿延敬权邵武同知,继署邵武知县。仲春迎养至闽,作《甲午仲春赴邵武舆中口占》一首(《诗钞》卷下)。

阮元《梁恭人传》:"予昔闻延敬之官于闽也,初权邵武同知,继摄邵武县事。会水灾议邮民,延敬请恭人命而后行,同僚皆叹服。"

《乙未纪事》(附《古春轩诗钞》后)云:"余四儿延敬幼颖悟,弱冠入泮,屡赴乡举不第,为菽水计就官福建同知,摄邵武县事,迎余就养署中。"

《古春轩诗钞》下《哭四儿》第四首注云:"儿抵闽后,颇荷上游器重,未三月即委署邵武同知,旋摄邵武县篆。"(十二叶)

又第五首注云:"卸同知事时,邵武水灾,杨令暴卒,绅民合词禀请上宪,留摄县篆。"(十三叶)

秋九月延敬卒于任所,年30(嘉庆十年乙丑生)。十一月归里,作《哭四儿》诗12首(《诗钞》卷下)。

《碧声吟馆谈麈》卷一《述哀》:"先君司马公……未一月而薨。……时在道光甲午年九月十八日,享年三十。十一月奉丧归。"

《哭四儿诗》第五首句云:"披星触暑不辞辛,二竖为灾仅浃旬。"(十三叶)又第二首注云:"先夫子捐馆,儿年十四,即能主持家政,茕茕母子相依,于今又十七年矣。"(十二叶)

案以嘉庆二十三年十四岁推之,则道光十四年为三十岁。

《乙未纪事》云:"儿没,余归里。"

道光十五年　乙未　1835

许宗彦卒后之第18年。

梁德绳65岁。是年四儿媳亦卒。作《哭四媳》四首(卷下)。

《乙未纪事》云"次年,儿媳病,见儿来,遂卒。"

道光十八年　戊戌　1838

许宗彦卒后之第21年。

梁德绳68岁。

是年汪端卒,年46岁。(乾隆五十八年,1793生,见《历代名人生卒年表》)

道光十九年　己亥　1839

许宗彦卒后之第22年。

梁德绳69岁。重辑园亭,复聊觞咏(见《碧声吟馆谈麈》卷四)。是年延润乡试中式。

阮元《梁恭人传》:"延润则由钱唐籍以己亥科举于乡。"

道光二十年　庚子　1840

许宗彦卒后之第23年。

梁德绳70岁,作《七十生辰》诗(卷下)。

堪笑劳劳年七十,世情变幻若浮云;有朝撒手归山去,惜我曾无警世文。

道光二十一年　辛丑　1841

许宗彦卒后之第24年。

梁德绳71岁。是年英人陷定海,杭垣惊恐,避居德清。作《辛丑九月三日避居德清感而作此》(《诗钞》卷下)。

道光二十五年　乙巳　1845

许宗彦卒后之第28年。

梁德绳75岁。冬葬延敬夫妇于玉泉山,作《乙巳冬葬四儿夫妇于玉泉山麓诗以哭之》(卷下)。

道光二十六年　丙午　1846

许宗彦卒后之第29年。

梁德绳76岁。作诗一首,题云:"窗外葡萄十六年前结实三枝,其兆已应。嗣后日就萎,予惝然惧焉。忽今春根边怒芽奋发二三枝,蟠于老干,垂架扶疏,居然旧时光景,喜而记之。"(卷下)

案:《古春轩诗钞》卷下有"……今十四年矣,居然结子三枝……"(九叶)一诗,前考订为道光十一年之作,此云十六年前,则此诗当作于道光十一年后之第十五年,即道光二十六年也。其以十六年计者,盖又道光十一年并计在内也。

是年夏潘素心为《古春轩诗钞》作序(载原书首),《诗钞》所录至乙巳年止,似为是年所编定。

道光二十七年　丁未　1847

许宗彦卒后之第30年。

梁德绳77岁。是年三月初八日卒。十月二十二日,祔葬于花家山。

阮元《梁恭人传》:"卒于道光丁未年三月初八日子时,年七十有七。以其年十月二十二日,祔葬于留下花家山驾部之茔;距驾部下世已三十载矣。"

是年阮元为之作传。

《梁恭人传》云:"今岁春,延润计偕北上,道出广陵谒余,问恭人起居犹健饭。未几,骤闻讣。延珏旋寓书于予,乞为传。"

道光三十年　庚戌　1850　三益堂刊《再生缘》

参考书目

许宗彦:《鉴止水斋集》咸丰二年重刊本

梁德绳:《古春轩诗钞》(附《诗钞》)同上

陈文述:《西泠闺咏》排印本

许善长:《碧声吟馆谈麈》

汪端:《自然好学斋诗钞》同治十一年重刊本

王昶:《春融堂集》光绪刊本

李元度:《国朝先正事略》　森宝斋刊本

阮元:《揅经室文集》《四部丛刊》本

梁廷灿:《历代名人生卒年表》　商务排印本

蒋瑞藻:《小说考证续编拾遗》合刊

郑振铎:《中国俗文学史》

谭正璧:《中国女性的文学生活》

附记:文方草成,又得周梦坡《两浙词人小传》中《梁德绳传》(卷十三闺阁)一则,附录如次:

梁德绳字楚生,钱塘人,相国文庄公孙女,冲泉司空次女,德清许宗彦室。工诗词,有《古春轩诗词钞》,伉俪唱和,如秦嘉之于徐淑。宗彦尝有所惑,德绳作《苍梧谣》十解戏之(按诗见《古春轩词钞》),雅谑生春,足称佳话。宗彦殁时自作挽词云:"月白风清其有意,斗量车载已无名。"(按句见《鉴止水斋集》卷八)德绳因谱《乳燕飞》词纪之(按词见《古春轩词钞》),词绝哀痛。

又李元度《国朝先正事略》卷四十四有许周生事略并及梁德绳,然不出阮元、陈寿祺、蔡之定三传之外,殊无可采之处。

弹词女作家小记

一、邱心如的生平

《笔生花》作者邱心如的生平,据原书每卷开头的自叙及咸丰七年陈同勋、同治十一年云腴女士两序所载是:邱氏山阳(今淮安)人,嫁给清河(今淮阴)张姓,丈夫虽是儒生,却很潦倒,家境极窘。后来邱家也日趋贫困,难于支持。最后舅姑死去,又和她的老母同居,以授徒自给。我们所能知道她的生平,也止于此。十多年前,冯沅君撰《读〈笔生花〉杂记》(刊《北大国学门月刊》),也无新的发现。

我曾查过光绪《淮安府志》、同治《山阳县志》、民国《续纂山阳县志》、王锡祺《山阳诗征续编》等书,也是毫无所得。又检邱崧年氏《家集》(光绪丙申刊本,一册,附《文献私记》),也无片纸只字的记载。又曾想到邱氏是淮安大族,祠堂中或许有神位之类,也说不定,但城西大高皮巷邱氏宗祠却早拆光。最后找到民国壬戌(1922年)冬石印《邱氏族谱存略》,其中也无一字涉及邱心如。《存略》十五世有"心"字辈五人;心传、心源、心鉴、心澂、心坦,和心如是同辈,大约她也是这一支派的人。其中心澂名下注,"入海州籍";又

"心"字辈同是十三世殿华、殿芳二人之孙,《存略》注:"殿华公、殿芳公两支,今居海州。"大约心如的近族全移家海州,所以现在淮安没有她的这支,也就虽怪多年探询无从得到她的史料。

书本上的资料既不可得,只有寻找口头上材料一法。为了这事,去年曾到邱氏族中现存年龄最大的邱老太太家去访问。她是邱于蕃(稍有文名,喜搜集金石碑版)的太太,住东门水巷口,现年80多岁,卧病在床,已全身不遂了。据她说,她也未能亲见心如,只是间接知道一些。心如所嫁的张姓,淮阴籍,居淮安东门打线巷,家有两重大门,俗称"双扇门张家"(疑即前眼科医生张伯生家),家极清寒。(现在张姓多居淮阴,淮安无人。)心如晚年颇困难,授徒的结果也并不好。临死时身外几无长物。她的晚年,服侍她的一个女仆最清楚,但这女仆已死了好久。其次女仆的儿子从他母亲那里也得到一些心如的史实,可惜他又在上海做理发匠。——今后搜集邱心如的史料,将要成为海底捞针了。又据另一邱家传说,心如有一姊妹,和她同时也著有一部弹词,惜书名不详。

二、陈端生的世系

《再生缘》弹词作者陈端生,据陈文述《西泠闺咏》(卷十五)所载略谓:"适范氏,婿诸生,以科场事,为人牵累谪戍。因屏谢膏沐,撰《再生缘》南词……以寄别凤离鸾之感。曰:'婿不归,此书无完全之日也。'婿遇赦归,未至家而端生死。"此外,《再生缘》六十六回也曾历记她的生平。《西泠闺咏》又说端生著有《绘影阁集》,今亦不易见到。我前作《再生缘续作者许宗彦、梁德绳夫妇年谱》中说:"陈兆仑有《紫竹山房集》今存,然其中殊少可供查考端生生平之处。"《紫竹山房集》中确无涉及端生的记载,但有不少关于她的家世的,前作《年谱》以许、梁为主,限于体例,不能把这些资料引进去,这里不妨详细一说。

端生的祖父陈兆仑,字勾山,钱塘人,乾隆间举博学鸿词科,官到通政使。兆仑有二子:玉万、玉敦(见《紫竹山房诗文集》首顾光撰《墓志铭》)。但谁是端生的父亲,《诗文集》中却无可考,《再生缘》三十三回(原书卷九,今本卷七)说:"家父近将司马任,束装迢递下登州。蝉鸣丛树关河岸,月挂轻帆旅客舟。……行船人杂仍无续,起岸匆匆出德州。陆道艰难身转乏,官程跋涉笔何搜。连朝耽搁山东省,到任之时已仲秋。"按《紫竹山房集》首陈玉绳《年谱》记乾隆十九年甲戌云:"六月,次子玉敦考取内阁中书……十一月擢顺天府尹。"又三十四年己丑记云:"八月,先生次子玉敦以中书改官山东登州府同知。"由此推知端生是玉敦的女儿随父由北京起程,经德州,赴登州同知之任。因而也可断定这回是作于乾隆三十四年,早于六十六至六十八回(乾隆四十九年)十五年之久。

她的家世,顾光《墓志铭》中记云:"……子四人,其二早殁,长玉万,庚午举人,山东济阳县知县,后公八年卒;次子玉敦,嗣公弟中书眉山君,庚午(乾隆十五年)举人,江南江宁府督粮水利同知。孙男五人:春生、桂生、嘉生、资生、桐生。"据《墓志铭》及陈玉绳《年谱》,郭麐《神道碑》,列端生简单世系如下:

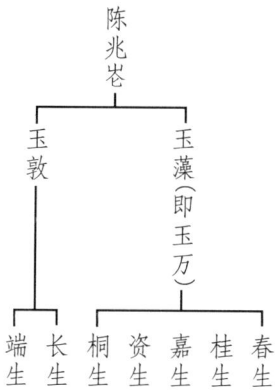

　　端生有姊名长生,字秋毂,适吴兴叶琴柯(绍楏),见《西泠闺咏》卷十五。长生有《绘声阁集》,未见;又《织云楼合集》、《南蘋遗草》中都有她的诗,亦未得见,不知其中有无涉及端生生平否。至《随园女弟子诗选》卷四所录十五首,《香咳集》所录三十一首,却和端生无关。

三、郑澹若与周颖芳

　　最近读到金陵王瑶芬(云蓝)《写韵楼诗钞》(同治辛未京江榷署重刊本,首道光己亥陆以湉序),其中涉及《梦影缘》弹词作者郑澹若、《精忠传》弹词作者周颖芳母女的史料。按王瑶芬是严比玉之妇,其子严谨,即周颖芳之夫。她与郑澹若是儿女亲家。《诗钞》首有郑题词《庆春泽》一首,署"女史郑贞华澹若",得知她的名字。郑氏湖州人,适周某,著有《绿饮楼集》。

《诗钞》大体上是编年,其中涉及郑贞华的有十首:(一)《题郑澹若女史绿饮楼集》七绝四首,(二)《咏梅和澹若女史》七律二首(上二诗约作于道光十三年至十五年间),(三)《题郑梦白中丞西园写照图》(为留别澹若女公子作)七绝八首,(四)《澹若夫人枉赠佳章辱蒙过奖勉答四首》七绝,(五)《蜡梅和澹若夫人》七律一首(上三首年代不详),(六)《郑澹若夫人将归浙江赋此赠行》七绝四首(约作于道光二十一年至二十七年顷),(七)《澹若夫人途次有诗见怀依韵奉答七绝》二首(年代不详),(八)《寄怀澹若夫人七律一首》,(九)《祝澹若夫人四十寿并贺哲嗣采芹之喜》七律一首,(十)《澹若夫人舟过黔阳芙蓉楼下有诗见怀依韵奉答》五律一首(上三诗作于道光三十年)。其中第九首最重要,诗前有庚戌(道光三十年)仲秋、重阳二诗,后有除夕及次年辛亥春日诗,这首当作于三十年秋天。这年郑贞华年40,她的生年是嘉庆十六年辛未(1811),咸丰十年庚申(1860)饮卤自杀于杭州(见《梦影缘》),年50。

周颖芳为郑贞华之女,适王氏三子谨,《诗钞》中关于她也有两处,(一)《蒲门郡斋桂花》五律一首(年代不详),(二)《郡园红梅大放》五绝二首(道光三十年作),都和她的生平无关。《诗钞》末附同治辛未(十年)女永华识语涉及严谨云:"……叔兄谨先后官黔。……叔兄守石阡,有惠政。同治乙丑(四年),教匪数千人突至,叔兄战死。……永华负母逾垣,投池,嫂及妹侄皆从之,池水浅,不得死。……母絜兄柩,率细弱,跋涉数千里。"这和《精忠传》李枢序参看,可得她生平的涯略。

关于浦琳

浦琳是乾隆间扬州说话人,以说《清风闸》著名于世。《清风闸》是他自己创制的一部评话,与一般有所师承的说书是颇异其趣的,虽然传世的《清风闸》一书并非出于浦琳之手。

李斗《扬州画舫录》卷十一《虹桥录》下记当时著名说书人说:

> 郡中怀绝技者:吴天绪《三国》、徐广如《东汉》、王德山《水浒记》、高晋公《五美图》、浦天玉《清风闸》、房年《玉蜻蜓》、曹天衡《善恶图》、顾进章《靖难故事》、邹必显《飞跎传》、谎陈四《扬州话》,皆独步一时。

又卷九《小秦淮录》记浦琳生平说:

> 浦琳,字天玉,右手短而捩,称拟子。少孤,乞食城中,夜宿大房。邻妇为之媒妁,偕至一处,香奁盛甚,纳拟子而强昏焉。逾年,大东门钓桥南一茶炉老妇,授拟子以呼卢术。拟子挟之以往,百无一失,由是积金赁屋与妇为邻。在五敌台,妇有侄以评话为生,每日皆演习于妇家。拟子耳濡已久,以评话不难学,而各说部皆人熟闻,乃以己所历之境,假名皮五,撰为《清风闸》故事。养气定辞,审音辨物,揣摩一时亡命小家妇女

口吻气息。闻者欢哈喧噱,进而毛发尽悚,遂成绝技。拟子体肥,多痰善睡;善工笑话口技,多讽刺规戒,有古俳谐之意。晚年乐善好施。金棕亭有《拟子传》。

李氏这篇记浦琳生平,相当详尽。浦氏说尽技艺之精,可从"闻者欢哈喧噱,进而毛发尽悚"两语中想象得之。所谓"撰为《清风闸》故事",是说他与一般有所师承的说书人说《三国》《水浒》完全不同,他是一无傍依,"以己所历之境"自行编撰《清风闸》的评话,"撰"是编撰、杜撰,并非"撰述"之意。俞樾不明此意,看了今本《清风闸》的书觉得与李斗所说不类,便说:"殆由口吻之妙,有不在笔墨间耶?"(《茶香室丛钞》)他不知道这书并非出于浦琳的手笔,而浦琳也无撰述小说的能力(见后)。和《画舫录》卷九所载"邹必显以扬州土语编辑成书,名之曰《扬州话》,又称《飞跎子书》(按传本名《飞跎子全传》)"不同,邹必显是作者,浦琳只是衍述人。

按金棕亭名兆燕,全椒人,《拟子传》收《国子先生全集》中,李桓《国朝耆献类征初编》卷四八三《方伎》(三)也转载这篇。全文是:

> 浦琳,字天玉,扬州江都人,少孤贫,十余岁无立锥地,日持彗扫街市积尘弃砾,至河滨淘漾之,得分厘以自给,夜则宿街亭中,为巡运。有遗于路者,琳觅其人数日,还之,其人欲分其半以赠,琳曰:"吾扫街尘足以不馁,子之金有尽,吾之金无穷也。"卒谢去之。琳不读书而好行善,见人有骨肉相伤,朋友相弃者,必力为劝救之。一日,过市肆闻坐客说评话,悦之,

曰:"为善为恶,其报彰彰如是,奈何世之人如叩槃扪烛擿埴而索涂哉?"遂日取小说家因果之书,令人诵而听之,听之一过,辄不忘;于是润饰其辞,摹写其状,为人复说。听之者靡不动魄惊心,至有欷歔泣下者。扬城士女争艳羡之。琳体肥,右手短而捩,人呼之曰拟子。春秋佳日,弦管杂遝中,必招致浦拟子说书,以为豪举。琳于是挟厚资,益利济人。尝冬日说范叔绨袍故事,曲尽冻丐之状于富室诸女郎前,且曰:"我少年时亦犹是也!我将罄所蓄制棉袄施冻人,种来生温燠。"诸女郎感其言,尽发囊笥;侍女灶妾,亦有脱簪珥以助者。是冬奇寒,雪深三尺,而城内外乞儿无不挟纩者,琳之力也。扬城街道,久未修治,沟渠堙塞,每霖潦则不可行。琳曰:"吾幼以街为食,今可忘街市乎?"倡议捐修,数月而工毕。琳终身不衣绣段,食止肉鱼,见山海珍错,则不下箸,曰:"贫贱人安可折后世福耶?"无子,有女四人,以其婿李姓之子为孙,名继宗;而传其技于弟子张秉衡、陈天工,皆有声誉。年五十六,卒。

金棕亭曰:贤者好读书,不能读者,亦好听书。耳治与目治一也。昔柳敬亭挟其技,遂与名公卿游。浦琳之名虽未闻于当路,然席丰履厚,至于没齿;且能作诸善缘,乡里称为长者,讵不伟哉!青州刘跛子见知于司马温公,遂为奇士。拟子不好名,无知己耳。使其俯仰随人,稍结交于当世,安知不与柳麻子共千古也?

金、李两传,详略各有不同:金传强调其乐善好施,着重施衣、修路、不拾遗诸事,而于说书反少叙述,学习的经过也和《画舫录》所载不同,"扫街"以"自给"与乞食也略有差别,李传叙述似较具体,强婚、赌博、习评话诸事,都是金传所未说及的。李传作于金传以后,好像有意补其未备似的。大体李传是作为一个说书人而记载的,所叙较为翔实,似近于少孤无依的浦琳本来面目。金传是视为与众不同的说书人而为之立传,于说书本身反不注重,其动机在于模拟黄宗羲、吴梅村的《敬亭传》;叙述又不十分具体,似非深知者,更为古文义法所限,略其人而取其言行,也无重要史料可供参考。

今通行本《清风闸》四卷三十二回,序署梅溪主人,是据浦琳所说笔录而成,不得视为浦琳所著。这是和据石玉崑所说唱的《龙图公案》而成《龙图耳录》的情形一样。

十八世纪扬州说书人叶英

十八世纪的乾隆、嘉庆间,说书的伎艺在各地都普遍地发展着,除了一般职业的说书、讲唱的艺人外,还有非职业的知识分子,他们也说书或讲唱弹词。根据文献的记载,知识分子说书较有名的有两个:一个是讲唱弹词的会稽(今绍兴)秀才胡文汇(嗣源);另一个是说评话的扬州秀才叶英。这儿只说叶英一人。

叶英,原名永福,字英多(《扬州画舫录》卷二误为名勇复,《清稗类钞》三十六音乐类又误为"名允复");后来几次考举人没有考中,又悔做秀才,就改名为英,号霜林(《清稗类钞》误为"一字霜林")。

他的特长是书法和说评话。他的友人焦循在《剧说》卷六记著他的言论:

> 吾友叶霜林尝云:"古人往矣,而赖以传者有四:一叙事文、一画、一评话、一演剧。道虽不同,而所以摹神绘色、造微入妙者,实出一辙。"霜林善评话,故有是云。

又李斗《扬州画舫录》卷二说:

> 叶勇复(误),字英多,号霜林,江都诸生。好欧阳通书法,

摹之逼肖。善评话,言古人忠孝事,慷慨激发,座客懔然。

他所说的"慷慨激发"的评话,据焦循的《叶霜林传》(详后)是"靖康南渡"的故事。这在近人徐珂《清稗类钞》三十六音乐类中有详细的记载:

乾隆时扬州有好奇狷洁之士,曰叶允复(误),字英多,一字(误)霜林。年十六补江都县学生,尝三踏省闱而不售。居常视世事龌龊,每思一发其迈往不羁之气,而有托以自见。……于是辞家浪游数年,归而幡然曰:"得之矣。"……然甚秘其技,不肯泄。故所常与同砚席通气谊者欲强试之,亦时应、时不应。其为一时说书之魁者,方百计密伺;偶入听,则大惊却走,而名遂籍甚。然人皆知其高简绝俗,不敢求一奏也。其所说以《宗留守交印》为最工。大旨原本史籍,稍加比传;乃皆国家流离之变,忠孝抑郁之志。抚膺悲愤,张目呜咽。一时幕僚、将士之听命者,及诸子之侍疾者,疏乞渡河之口授者,呼吸生死,百端丛集。如风雨之杂沓而不可止也,如繁音急管之惨促而不可名也,如鱼龙呼啸、松柏哀吟之震荡凄绝而无以为情也!

《宗留守交印》是说宋靖康、建炎年间东京留守宗泽的故事。当女真族金人南下侵略的时候,由于统治阶级的昏庸无能,使北方各地沦陷敌手,人民沦为奴隶,而徽宗、钦宗二帝也被俘虏。高宗即位后,和主和派打成一片,不肯坚决抵抗金人的侵略,从归德(商丘)逃往扬州。主战派的李纲执政时,推荐宗泽为东京(开封)留守。

宗泽到任后,坚守东京,安抚军民。这时北方各地起义的忠义军,也纷纷投到宗泽麾下。宗泽拥兵百余万,金人不敢正视。宗泽请逃到扬州的高宗回东京,准备率领大军渡黄河收复失地。可是被昏庸的高宗拒绝。因此,收复失地也不可能了。他忧郁成病,背上疽发,终于含恨而死。临死前,把留守的印信交出,嘱咐部下努力杀寇,坚决抵抗,最后还大呼三声"渡河"才瞑目。宗泽死后,由主和派的杜充继任留守,局势就不可收拾了。宗泽的主战和坚持收复失地是符合当时广大人民要求的,是爱国主义。可是,他的主张不能被高宗所采纳,使他饮恨而死。这本是悲痛的故事,具有忠君爱国的思想,听了使人感到悲愤。它既有很大的感染力量,必然会使"座客懔然"了。但可惜的是,叶霜林说这故事时,只限于熟识的友人,不能面对群众,这效果也就很有限了。

  他说书时,能把宗泽"抚膺悲愤"的心情,"张目呜咽"的状态表达出来,这不仅是形象化,而且把自己的思想、感情也灌注进去。所以焦循说:"乃凝神说靖康南渡事,声泪交下。座客无人色。"这不是一般说书人所能达到的境界。宗泽临死时的情况是最紧张、最精彩的一段。他能把这段中宗泽对请命的将士,幕僚所说的话,对儿子们说的话,大呼"渡河"时的种种口吻、状态传达出来,更不是容易的事。这是他把说书艺术发展到高度的明证。阮元说他"竭尽精力,演说其技",又可见他如何忠于艺术了。

  叶英的生平,散见于吴德旋、阮元、焦循的著作。吴德旋《初月楼闻见录》卷十说:

    叶英多,江都人,本名永福,少补诸生;后弃去,易名英,号霜林。性爱闲旷,不拘礼节。好欧阳通书,得宋拓片纸,每日临摹不辍。善谈古人遗事,欣戚若身亲之,能使闻者感动。然富商、贵人慕而延之,必被呵忤。衣破蔽,或赠新衣,不数日即以易酒。不家宿者二十年,常往来朋友家,远近久暂,不能测也。嘉庆二年卒。英多,阮芸台尚书友。英多卒后,尚书选其诗入《淮海英灵集》。

按《闻见录》的这一条是节录阮元《淮海英灵集》。《淮海英灵集》(嘉庆三年自序)戊集卷三云:

> 叶英,本名永福,字英多,江都诸生;后弃举子业,易名英,号霜林。性情闲旷,不拘礼节。好欧阳通书,得宋拓片纸,每日必临,虽庆吊亦于稠人中摹写不辍。善柳敬亭口技,每一谈古人遗事,座客辄欷歔感泣。然富商、贵客慕而求者,必被呵忤。衣破蔽,或赠新衣,不数日即以易酒。不家宿二十年,往来朋友家,远近久暂,人不能测。旧与元相善。嘉庆二年六月卒。(下录叶氏《甘棠逢吕坦斋》《冬日友人招游上方寺》诗二首)

又阮氏《广陵诗事》卷四云:

> 叶英,号霜林,江都老诸生也。善柳敬亭之技,然性情孤傲,不易得而闻也。富贵人有慕其技者,请之,每遭其诟辱。生平与桃花庵僧石庄(按《扬州画舫录》卷二载石庄事,金兆燕《国子先生全集》载其与吴敬梓交游事)交最密,僧善吹洞箫,相久互示以技。箫甫毕,适蓰贾数人至,霜林素疾之者也,亟

避之。未几,石庄死,自恨前约未践,至僧棺前,竭尽精力演说其技。感慨淋漓,闻者泣下。乾隆戊午(三年,公元1738)偶病卧,忽朗吟云:"碧桃红杏人何在?白石清泉任我行。"语毕而绝。

按叶英卒于嘉庆二年丁巳(1797),见焦循《叶霜林传》及上引《淮海英灵集》《初月楼闻见录》。《广陵诗事》先误为卒于嘉庆三年戊午(1798),又误写成"乾隆戊午",以致相差61年之多。据焦循说,叶英卒于这年秋天八月,《淮海英灵集》以为是"六月",也是错的。焦循又说他卒"年六十五",从嘉庆二年上推64年是雍正十一年癸丑(1733),即是他的生年。《清稗类钞》说,十六补县学生,是乾隆十三年戊辰(1748)。

记载他的历史最翔实的是焦循《叶霜林传》。这篇传收在焦氏所著《雕菰集》卷二十一中。兹迻录于下:

> 叶霜林,本名永福,字英多,甘泉文学生;继而悔入学为多事,乃易名曰英,号霜林,故所遗人书札及题名皆云叶英云。癸卯(乾隆四十八年)夏,余于刘君昆珊家始识之,闻其谭江南山水不倦;语涉及诗,是时余心识其人,而未尝与之深交。越五年丁未(乾隆五十二年)冬,江子屏与霜林至,霜林前匍匐再拜不起,余惊不敢答;继而从容言曰:"吾有子,欲从君游,此所以乞也。"明日其子至,余授以学。自此历十余月不见,己酉(五十四年)春,金余山家两仆来掖余行,余错愕问,不答;至则霜林拱立待已久,恭敬再拜,正色言曰:"吾平生有薄技,每一作,神与气并竭,半月始复。先生竭神气教吾子,吾当竭神气

以报德。余山知吾意,故罗先生至耳。"乃凝神说靖康南渡事,声泪交下。座客无人色。有劳之者,霜林哂曰:"英为先生劳,非为君劳!何劳为?"又二年不见,辛亥(五十六年)冬,曳破屦索一袖,至余馆中,谓余曰:"英素好欧阳舍人书,得旧拓碑半纸,摹二十年。然不喜为人书;为人书亦不作正书。今以一年之力求得纸,又瞑目坐十日,然后作正书,所以报先生也。"再拜而去。不择交,不滥交,气投合可日日见;否则,虽要之,不见,亦不知其处所。与僧石庄交,尝起卧于桃花庵中;然倏去倏来无踪迹。或同席谭笑,忽不辞去;或数日不见,而草树间有霜林诵诗声。有余钱可一日醉尽,乏时当饿卧数日。时于友人索钱,时或周之,忍饿不受也。病痰欬,依栖女家。丁巳(嘉庆二年)秋八月卒,年六十五。葬其先世叶侍郎坟北三里。

焦循曰:称霜林者,多举其技;然以技传者,大抵供游说奔走已耳。壬子(乾隆五十七年)秋试,霜林数约余游莫愁湖僧寺阁上,时寺阁荒寂,有僧二:一老病,一愚骏。霜林率卧阁上,数日不去。甲寅(五十九年)后阁新葺,游人盛多,余复约霜林往,霜林笑不答,余无以强霜林行也。

歌谣资料汇录

引　　言

一

　　中国文学遗产是异常丰富的。

　　中国人民口头创作的遗产也是非常丰富的。历代人民,首先是劳动人民,创造了无限丰富的神话、传说、故事、歌谣、谚语、歌曲(小曲)、地方戏曲等等。这些古代人民的口头创作,由于受到封建统治阶级的歧视和记录的不全面,确实散佚了一部分,但是并没有全部散佚。过去和现在,一些人们曾经有这样看法:古代的口头创作早已全部在现在人民口头上消失了。这种看法显然是不恰当的。事实说明,古代人民的口头文学,有一些仍然保存在现在人民的口碑上,和"九九"谚语、"灰娘"型的故事之类还继续地流传着。今后如果能够从人民口头上大量发掘,将要证明这一事实。另一种看法是:古代人民口头创作虽然异常丰富,但由于记载得不全面,现在能够发掘出的数量是非常微弱的。我们承认,古代人民口头文学确实散佚了不少,但保存在文献中的资料,并不是很贫乏的。问题是如何发掘这类古代人民的口头文学。

从下面一些不完全的材料中,我们也会看出:在我们的古代文献中确有不少古代人民的口头文学。

《山海经》《离骚》《天问》《九歌》《淮南子》中保存许多美丽的、想象力丰富的古代神话、传说。这早已是人所周知的事了。六朝志怪小说和唐代传奇文中,也保存不少民间故事。如郭氏《玄中记》中的"天鹅处女"故事、《搜神记》中的洪水传说、《搜神后记》中"田螺女郎"故事(以上六朝小说),《酉阳杂俎》的"灰娘"故事、敦煌本句道兴《搜神记》的"天鹅处女"故事(以上唐人小说)等等。就是清代的《聊斋志异》等书,也或多或少保存着民间流传的传说和故事。在各种地志书籍,如《太平寰宇记》、《舆地纪胜》以及各种府、州、县志中,都有不少地方传说,像关于山川、建筑物、物产、动植物传说等等。

人民口头创作的谚语,在文献中也保存着丰富的资料。从汉代崔实《四民月令》起,到近人辑录的《中华谚海》《农谚》等为止,共有数十种之多。

人民口头创造的歌谣,保存在文献中更是丰富的。且不说《诗经》《乐府诗集》中的歌谣和史书中许多"童谣",单是宋、明以来歌谣的记录和汇集,也提供我们不少的有用资料。这类书籍,大致可分为下列四类:

(一)从书籍中辑出的古、今歌谣和"童谣"。它们虽不是直接从人民口头上采集的,但提供一部分资料。这汇集的工作,也有它的价值和用处。这类至少有三部:

《古今风谣》一卷，明杨慎辑。有嘉靖二十二年（1543）原刻本、万历刊本、崇祯刊本、《函海》本、《艺海珠尘》本、《丛书集成》覆排《函海》本六种。又有清史梦兰注释的《古今风谣补注》一卷，收在《止园丛书》中。

《古今风谣拾遗》四卷，清史梦兰辑。《止园丛书》本。这是增补杨慎原书之缺的一部书。

《古谣谚》一百卷，清杜文澜辑。收在《曼陀罗花室全集》中。这书辑录的范围比较广阔，歌谣只是其中一部分。

此外在古诗歌总集（如明冯惟讷《古诗纪》等）和记载语言的书籍（如明郭子章《六语》）等书还保存一些古代歌谣。

（二）直接从人民口头采集的。这类专书，明清两代共有四部。

《山歌》十卷，明冯梦龙辑。有明代原刻本（郑西谛藏）和1935年上海传经堂排印标点本（覆排明刊本）两种。另有选辑本。这书主要部分是以苏州为中心的江南农村流行的情歌，也有一部分是城市小市民和文人模拟作品，又附《桐城歌》一卷。

《粤风续九》四卷，清吴淇辑。原书未见，《四库全书总目提要》卷二百著录。清人诗话、笔记中转录、摘录这书的很多。后来李调元把吴淇的劳动成果据为己有，改名《粤风》，用他编辑的名义刊行，收在自编的《函海》丛书中。现在所见的就是这个《函海》本（有乾隆原刊本、嘉庆重刊本和道光印本、光绪刊本几种）和《丛书集成》覆排本。以前钟敬文曾经重编一次，有朴社排印标点本。其中郎、僮两族的情歌，另由刘乾初译为汉语，由中山大学民俗学会印行。《粤风续九》是吴淇在广西浔州（今桂平）时，搜集当地汉族

（民歌）和当地①兄弟民族的瑶、僮、郎、蛋各族人民的歌谣共 111 首（数字据今本《粤风》）。

《天籁集》一卷，清郑扶曦辑。这书是郑氏在康熙间②搜集的浙江歌谣 48 首。当有康熙原刊本，今未见传本。

《广天籁集》一卷，清悟痴生辑。这书共记录浙江流行的歌谣 23 首。现在所见的本子都是两种合在一起印的，有同治元年（1862）芝秀轩刻大本、同治八年（1869）浙江书局印本、光绪三十三年（1907）活字小本、1929 年上海中原书局覆排（据光绪本）标点本（上海悲增标点）四种。

此外清范寅《越谚孩语孺歌之谚》第十七，也收有浙江绍兴流行的儿歌 32 首。

（三）清代坊间印行的长篇叙事山歌。长篇山歌和长篇叙事山歌，在明冯梦龙《山歌》和明代戏曲、小说中已经有了，并且当时还有单行本，如《刘二姐》山歌（见崇祯十三年西湖渔隐著的小说第九回）。这类叙事山歌，在清代更加发达。它们是流行于苏州一带，由苏州书坊印行的，其中至少一部分是民间职业歌手的创作，和一

---

① 见《池北偶谈》卷十六等书及近人乐嗣炳《粤风之地理的考察》（《文学》第二卷第六号《中国文学研究专号》）。

② 这书不是道光、咸丰或晚清时辑录，而是清初康熙间所辑。清吕善报《六红诗话》卷二说："康熙初钱塘郑扶曦、旭旦撰《天籁集》，计诗四十八首。……余细读之，词虽鄙俚，饶有兴趣。"又清商嘉言《薜亭诗草》卷十有"八月五日风雨舟中读郑扶曦先生〈天籁集〉题后"一诗，说："两间自天籁，千古乃童谣。"都是指这部 48 首歌谣的《天籁集》。又清张潮编的《昭代丛书》卷四十五收《牌谱》一卷，顾"古歙郑旭旦扶曦著"。书后心斋主人（张潮）跋文说："郑子扶曦逸才绝世，不独工制义，而诗、赋、词、曲莫不优为之。"可证郑氏和张潮同是康熙间的人，吕善报说《天籁集》辑于康熙初，是正确的。他和张潮是同时人，籍贯也相同，张潮说他是徽州人，也不会是捏造。由此可知，他原籍是徽州，寄居杭州，所以《天籁集》题"钱塘郑旭旦辑"。

般山歌有所不同。同治《江苏省例》记载同治七年（1868）江苏巡抚丁日昌查禁《小本淫词唱片目》111种中，有8种叙事山歌：

《采茶山歌》（月正皎）　　《杨邱大山歌》
《赵胜关山歌》　　　　　　《手巾山歌》
《如何山歌》　　　　　　　《小红郎"娘"山歌》
《沈七哥山歌》　　　　　　《小翟冈山歌》

曾经见过苏州恒志书社一两种印本，证明它们在人民间还继续流行，并没有被封建统治阶级的查禁所压倒。这类叙事山歌是山歌发展中的一种特殊形式，和一般山歌不同。它和弹词也有所不同：它至多只有两卷，没有弹词那样长，只能叙述较简单的故事；而且它是纯韵文的，和散文、韵文夹用的讲唱弹词显然两样。由于两者形式相近，又同是流行于南方江、浙两省，很容易被人误会为短篇弹词或弹词形式的一种。

（四）散见于宋代以来各种诗集、诗话、方志、地方文献、笔记、杂著、小说、戏曲中的歌谣。这类书籍从宋代起逐渐增多，取材也较为广泛，因而也记载一些歌谣和歌谣史料。到了明清时，数量更增加了。虽然这些记载不够完整、不全面，又经过各种主观的选择以及从搜奇猎怪的动机出发，这就影响了搜集的效果；甚至于还有互相抄袭和歪曲解释的现象。然而，这些记录究竟保存了一部分人民口头作品，而搜集人的劳绩也是不能一笔抹煞的。由于这些资料分散在各种不同的书籍中，搜集工作有一定的困难。但这困难是可以克服的。这本小册子所收的歌谣都是从这类书籍中辑录的，只是这项工作的起点，挂漏之处自然是免不了的。

上面的事实有力地证明：在我们祖国文献中确实保存着相当丰富的歌谣、谚语、神话、传说、故事等。这些口头文学是历代劳动人民智慧的结晶。它们不仅反映各个时代的客观现实，而且代表人民的思想、感情和他们的种种愿望。

二

中国历代劳动人民口头创作的歌谣，不仅产量丰富，而且质量也是优良的。

由于实际的生活斗争，广大劳动人民不但熟悉自己的生活，同时也熟悉各种社会生活。在长期封建社会中，劳动人民饱经生活苦痛，受尽封建统治阶级的压迫和剥削，过着难以忍受的痛苦岁月。他们在歌谣中唱出自己的生活，唱出在严重剥削、压迫下的苦痛心声。如反映巡更夫子苦痛生活的歌谣说：

> 巡更夫子苦难当，满身露水一头霜。（《还带记》）

他们是在"星斗无光月弗子个明，夜寒如水欲成冰"的情况下，要"手不停敲到五更"（《十五贯》）。他们的生活和统治阶级生活对比，相差有天渊之别。

船夫的生活更为恶劣，他们自己说"水面生涯最是难"（《西楼记》），具体情况是：

> 纤板、麻绳是我个伙计，簑衣、篛帽是我个本钱；早晨头擦辣辣个浓霜说弗得个冷，夜来头湿搭搭个舼艇拿来当席眠。

如此痛苦生活,结果还是"一生一世衣身本分也到底弗连牵"！平时的遭遇是:乘船客人对他"来迟去慢多够埋冤";而各处船马头上恶霸借口收马头费,严重地剥削他们,歌谣中说:"撞着子个虎伤样个埠头扣除得介尽情了绝意"（以上并见《运甓记》）。这样,他们的生活就永远苦痛着。歌谣深刻地反映出被压迫、被剥削的劳动人民和剥削人、压迫人的统治阶级的矛盾。

封建统治阶级用徭役名义奴役人民,使他们做种种劳役。每一次较大的徭役,不知道要直接、间接逼死了多多少少的人民。这在《刘汉卿白蛇传》两首山歌中,反映出筑城墙的劳役对人民迫害的具体情况:

> 筑城池,筑城池,可怜黎庶受孤凄！东村筑死张家子,西村囚杀李家妻;场中多少饥寒死,墙边尽是哭啼啼！（宁为太平狗,莫作产〔暴〕秦人！）妻子望得肝肠断,想起家中转痛悲！想起家中转痛悲！几时能勾转回归！几时能勾转回归！

又一首说:

> 筑城墙,筑城墙,可怜黎庶受灾殃！家下撇下妻和子,堂上别了老爹娘;也有夫死城墙里,也有妻子没长江。受苦如山无数处,可怜筑死范杞梁！杞梁有个贤妻子,可怜千里送衣裳,寻夫不见墙哭倒,谁人怜念范杞梁！谁人怜念范杞梁！几时能勾转回乡！几时能勾转回乡！

这部传奇虽是以秦代筑长城为背景,然而确实反映了明代修理边塞长城的真实情况。在这项浩大的工程中,也和其他封建王朝各种劳役一样,逼死了无数人民,拆散了无数家庭。民间流行的以孟姜女故事为题材的山歌、小曲,它们所以能够长期盛行在人民的口头上,其主要原因是:由于历代封建王朝奴役人民的徭役繁重,迫害了无数人民;人民通过这个故事控诉这类奴役人民的徭役。他们同情孟姜女,悲悼被劳役迫害而死的范杞梁。范杞梁的命运,就是在封建徭役制度下广大人民的共同命运,他们如何能够不悲悼!这两首山歌的意义也就在此。

封建社会的矛盾,主要是农民和地主两个阶级的矛盾。这在歌谣中也有反映。首先是农民的勤劳生活:

> 九夏恹恹日正长,锄田当午至流浆;田广阔时难栽种,那有工夫去乘凉!(《刘汉卿白蛇记》)

而反映阶级的尖锐矛盾的是《水浒传》中的一首:

> 赤日炎炎似火烧,野田禾稻半枯焦。农夫心内如汤煮,楼上王孙把扇摇!

由于农民和地主的敌对矛盾,农民为了自己的生存,当他们连最低的生活都不能维持时,对地主阶级和地主政权,就要采用革命斗争的方式。农民革命的对象,首先是对剥削他们、压迫他们的地主和贪官污吏,这在《水浒传》的歌谣中表现得最清楚,他们要求的是:

> 先斩何涛巡检首。

酷吏赃官都杀尽。

　　这不仅是当时农民的要求,也是所有的人民的最低的共同要求,共同愿望。

　　在封建社会的黑暗政治情况下,人民口头创造的"民谣"更是经常地反映具体的政治黑暗和人民愿望,它是人民揭露黑暗的政治的匕首。当北宋末蔡京、童贯擅权时,人民的要求是:

　　打破筒(童),泼了菜(蔡),便是人间好世界!(《能改斋漫录》)

　　当女真族统治者侵占了中原广大北方土地时,偏安在南方一隅的南宋小朝廷既不能抵抗侵略,又不能振作,只图苟安一时。而领军将帅只是以招降为务,不去抵抗女真人的侵略,所以民谣说:

　　仕途捷径无过贼,上将奇谋只是招!(《鸡肋编》)

　　在蒙古统治阶级压迫、奴役下的汉族人民的苦痛,比元代以前的任何时期都更痛苦,因为那时政治的黑暗超过了以往任何历史时期。当时的人民,饱受贪官污吏的严重剥削和压迫的苦痛,他们愤恨地说:

　　官人与贼不争多。(《草木子》)
　　官吏黑漆皮灯笼,奉使来时添一重。(《辍耕录》)

这是通过官吏们的贪污现象,说明了封建统治阶级的本质。最后,中原的红巾终于起来了。民谣说:"天雨线,民起怨,中原地,事多变。"(《草木子》)这更明白地表示出人民对于统治阶级的怨恨和人民的期待。

此外,歌谣还反映其他的一些社会现象,如封建社会中人的自私和无情(《石点头》),前娘儿女对继母的看法(《水东日记》),妇女的生活情况(《菽园杂记》)。在情歌中表现出了男女真挚的爱情(《西游补》)和勇敢的、坚强的意志(《三借庐笔谈》),这和封建的礼教思想、意识毫无共同之点。

三

歌谣常用的几种表现手法,在这本小册子所收的歌谣中也同样可以看出。

第一是继承《诗经》的传统表现手法的"比"和"兴"。起句用比的如:

> 树头挂网枉求虾,泥里无金空拨沙;刺潦树边栽狗橘,几时开得牡丹花?(《西湖游览志余》)

又如"夜合花开香满台"(《徐氏笔精》),"竹叶落,竹叶飞","柚子批皮瓤有心"(《广东新语》)等,都是用比的。用兴的如:

> 南山头上鹧鸪啼,见说亲爷娶晚妻,爷娶晚妻爷心喜,前娘儿女好孤悽!(《水东日记》)

又有"比而又兴"的,如"南下脚下一缸油"(《菽园杂记》)。

第二是继承六朝乐府的《子夜歌》《读曲歌》的谐音手法,如:

奴空想隔年桃核旧时仁(人)。(《西湖游览志余》)
想晴(情)只在暗中丝(思)。(《粤风》)

又如"莲"谐音"连","炭"谐音"叹","茴香"谐音"回乡","金星戳"谐音"静心等"等。用这种表现方法的,几乎都是情歌。

第三是歌谣中常用的对比。对比是把两个对立面的事、物对照着,借以阐明矛盾。像前面所引的《水浒传》的那一首,是把辛勤的农民的痛苦和不劳而获的王孙公子对比;《义侠记》的一首,是以更夫和都监、团练做对比,阐明阶级矛盾。又如:

寒风飒飒雪漫漫,地狱天堂在眼前:锦帐绣衾交颈睡,石头砖枕露天眠。(《鲛绡记》)

同样是把两个对立的阶级的苦乐悬殊做对比的。

以上是择其常见的几种表现方法来说。

下面略谈关于本书的两件事。

这书是辑录前人著述中的歌谣资料。前人搜集歌谣各有不同的目的,他们有自己对歌谣的看法和说明。这些目的和看法,显然有不恰当或错误的。例如为了搜奇猎怪的目的而搜集歌谣(如《峒溪纤志志余》),误歌谣为采诗(《公余日录》),错误的解释(《菽园杂记》),对儿歌的错误看法和说明(《两般秋雨盦随笔》)等等,都是由于前人世界观或思想方法的局限性所致。但他们为我们保留大批歌谣资料的功迹,仍然应该肯定的。

　　我开始辑录歌谣资料,已经记不得在什么时候了。成为现在的样式,大约是1948年以前。近两年又略有增补和改订,特别是戏曲中的歌谣和民谣。这是辑录本书的简单经过。由于主要工作不在这方面,它只是一种副产品,因此挂一漏万也就难于避免,希望以后有机会随时增补修订。

1955年6月30日,编者识

凡　例

　　一、本书是为研究中国口头文学史提供一些歌谣资料,以免别人检书之劳。这书是宋代以来歌谣资料汇录,为避免不必要的重复,整理时按著作先后排列,凡相同的歌谣,只录较早的著作中所搜集的,而在按语中简要地说明互见之处及其异同。

　　二、这书分上、下两辑:上辑是从宋代以来的笔记、诗话、地方文献和通俗小说等书辑出;下辑是从元、明、清的南戏、传奇中辑出。

　　三、这书辑录的以反映劳动人民的痛苦、封建社会的黑暗以及人民的愿望的"民谣"和"歌谣"为主。由于搜罗不广,在歌谣一方面所录的以反映人民生活的"生活歌"和反映男女恋爱生活的"情歌"较多。

　　四、纯粹乐歌的"小曲"和徒歌的"歌谣",它们不仅是音乐和形式有差别,而且是各不相同的两种东西,不能混而为一。因为歌谣一般都是劳动人民的创作,而小曲主要是市民的东西(自然也有一定成就）。所以，这书所收以歌谣为限，元、明、清的各种小曲概不收入。如《古城记》的《闹更歌》、《稜噔歌》都是小曲，不应放在歌谣之内。又如《辍耕录》的《醉太平》小令虽然反映出元代政治黑暗和人民希望，但放在歌谣范围之内还是不妥当的。至于《鸣凤记》的《苏州歌》和《高文举珍珠记》的《赛苏州歌》名称虽然和吴歌相同，但具体情况确是小曲。这些都不收入。

五、儿童们所唱的"儿歌"，文献中也有不少的记载，如明吕坤《演小儿语》、刘侗《帝京景物略》，清朱彝尊《静志居诗话》、褚人获《坚瓠一集》等。这类记载儿歌的资料暂不收入。至于记载一般歌谣而偶然附有一两首儿歌的，为了辑录原文也不删削（如书中所录《两般秋雨盦随笔》及《竹间十日话》两例）。各种仪式歌暂时也不收入。

六、笔记中所录的歌谣，有直接从人民口头采集的，如《水东日记》《菽园杂记》《西湖游览志余》《思益堂日札》《三借庐笔记》等书。但也有一部分笔记是间接转录的，如《池北偶谈》《渔洋诗话》《峒溪纤志志余》等书就是从吴淇《粤风续九》摘录的。《静志居诗话》、《坚瓠集》、《两般秋雨盦随笔》也都是间接的钞录，甚至于辗转钞间接材料。当笔记的作者钞录时，还有钞错的（如《静志居诗话》）或按照主观意见改动的（《峒溪纤志志余》）。这些资料的价值是远不及直接的采集。如果是歌谣选集自然不能容纳这些间接的、甚至于有错误的材料；但这资料汇录却不妨把这些间接材料附在每一项原始资料后面，这样可以看出互相钞录的具体情况。其中有错误的，在按语中略加说明。

七、困难的是戏曲中歌谣取舍的标准。戏曲中插入的"吴歌"、"山歌"之类，一方面是为了反映现实，另一方面是用山歌的声调来调剂规律严格的南北曲,增加"山声野调"的气氛。其中一部分是直接采用人民的口头创作;而另一部分是封建士大夫们的加工再创作或仿效的作品,因而,不可避免有庸俗的甚至歪曲劳动人民的东西。但再创作和模仿作品两类,又不能一概不收,只能根据各种具体情况斟酌取舍。合于下列的四项原则的一概不收:(1)只是采取山歌形式而表现封建士大夫思想意识的模仿作品,如《狮吼记》第十五出的"阿谁载酒来寻乐,赢得青蚨入醉乡";《绣襦记》第二十出第五首的"人生离合命安排"之类。其中甚至于有利用唐宋人的诗、词而加以山歌之名,如《牡丹亭》第三十出用唐李昌符诗,《千金记》第四十折用唐刘禹锡《竹枝词》,《四贤记》第十四出用朱熹诗等。(2)庸俗和不健康的作品。如《水浒记》第十四出《吴歌》二首及《红梅记》第七出两首对于酒的歌颂。甚至有猥亵的性爱描写,如《岳飞破虏东窗记》第二十三折一首,《袁文正还魂记》第八出三首。此外又有嘲弄的,如《投笔记》第十出的一首。更有以语言、文字游戏的东西,如《还带记》第十六出、《春芜记》第十五出、《草庐记》第四十五折的山歌都是集曲牌名的游戏作品。(3)和戏曲本事有关的长篇山歌,离开戏曲意义便不明白,这也是仿效的作品。这类如《精忠记》第九出、《灌园记》第二十六出、《玉丸记》第二十四出各首。(4)歪曲的作品。这如《五伦全备记》第十七出颂扬官府的山歌六首,蒋士铨《一片石》第四出劝农民安分守己的秧歌六首,这明是袭取山歌等形式而内容和劳动人民的口头创作完全相反的歪曲作品。这书虽是资料汇辑,但遇到这些情况,仍然要有所选择。因此,对于戏曲中歌谣的取舍、甄别就要严格些,在150首中只能选出40多首。选录的可能还有问题,大体上是以能反映现实为主,也有一些只能当作加工再创作的作品来看。至于删去的95首，为了研究者的查考方便，另附《戏曲中之歌谣存目》一篇。惟部分传奇中保存的歌谣（如《雪中人》中《思想妹》等十首、《旗亭记》中《月子弯弯照九州》等两首、《虎囊弹》中《九里山前作战场》一首），与上辑《池北偶谈》等书所录重复，不在下辑摘录，仅在上辑相同歌谣的按语中作简要说明。

八、上辑分为两项：第一项是反映封建社会政治黑暗和当时人民的苦痛和愿望的民谣。按照它们产生的时代和文献的先后排列。第二项是一般歌谣，大体是按照文献先后排列。至于间接和辗转钞录的资料附于原始资料后面，以免读者前后翻阅之劳。但这类不详细罗列细目。同是间接资料，则以成书前后排列。又如《池北偶谈》等书虽是转录吴淇《粤风续九》，但本书不收单行歌谣集，只在每首后面注出来源；另附《粤风及清人杂记征引浔州歌谣对照表》，以便参考。各书所记除歌谣外，还有一些说明、评论之类，对研究歌谣多少有些参考价值，因此按文献排列，惟转引部分，无需重复，整理时不录。本书下辑所录都是一般歌谣，按照戏曲产生的先后排列。

九、其中记载广西浔州少数民族的歌谣，原书都用侮辱的名称，现在一律改为瑶族、僮族……引用的书籍一律注明卷数、出数，以备查考。所注"吴歌"、"山歌"都根据原文；原文未说明的只注一"歌"字，不妄加说明。但也有少数流传地域是编者根据实际情况注明的，如《人境庐诗草》题"粤歌"。遇有必要也略加按语，用〔〕号表明。

一〇、从书籍中辑录歌谣的工作，近30年来已有好几位同仁开始做了，如容肇祖《歌谣零拾》（中山大学《民俗周刊》第八期）、钱南扬《明传奇中之山歌》(杭州《民俗周刊》第四十八、四十九期)、赵景深《读曲随笔》、何鹏《南曲民谣录》(刊物名称记不清楚),少则五六首,多则有十多首。编者在辑录时,也曾参考,但尽可能据原书征引。编者见闻不广,书籍又有极大限制;完备的辑本尚有待于将来的共同努力。书籍中秧歌的资料特别丰富,可以辑成厚厚的一册。近人黄芝岗、徐筱汀都有专文,本书暂不收录。

目　　录

上　　辑

打破筒,泼了菜(北宋末民谣)(《能改斋漫录》)
仕途捷径无过贼(南宋民谣)(《鸡肋编》)
欲得官(南宋民谣)(《鸡肋编》)
张家寨里没来由(南宋民谣)(《鸡肋编》)
天雨线,民起怨(元元统民谣)(《草木子》)
解贼一金并一鼓(元末民谣)(《草木子》)
丞相造假钞(元至正民谣)(《草木子》)
满城都是火(元至正松江民谣)(《辍耕录》)
奉使来时惊天动地(元至正江西民谣)(《辍耕录》)
官吏黑漆皮灯笼(元至正江西民谣)(《辍耕录》)
可怜夏桂洲(明嘉靖京师民谣)(《花当阁丛谈》)

可笑严介溪(明嘉靖京师民谣)(《花当阁丛谈》)
职方贱如狗(明弘光南京民谣)(《明史·马士英传》)
你辈见侬底欢喜(山歌)(《湘山野录》)
月子弯弯照几州(吴歌摘句)(《云麓漫钞》)
小娘子,叶底花(辰、沅、靖州歌)(《老学庵笔记》)
九里山前作战场(歌)(《水浒传》)
你在东时我在西(嘲歌)(《水浒传》)
赤日炎炎似火烧(山歌)(《水浒传》)
打鱼一世蓼儿洼(嘲歌)(《水浒传》)
老爷生长石碣村(歌)(《水浒传》)
老爷生长在江边(湖州歌)(《水浒传》)
生来不会读诗书(山歌)(《水浒传》)
乾坤生我泼皮身(山歌)(《水浒传》)
双手招郎郎不来(嘲歌摘句)(《刎颈鸳鸯会》),又(嘲歌)(《警世通言》)

  附:《吴下谚联》一首

南山头上鹁鸪啼(山歌)(《水东日记》)
南山脚下一缸油(山歌)(《菽园杂记》)
塘下戴,好种菜(童谣)(《两般秋雨盦随笔》)
牵郎郎,拽弟弟(儿歌)(《两般秋雨盦随笔》)
吴山脚下唱山歌(《两般秋雨盦随笔》)
与郎相期月上来(歌)(《公余日录》)

  附:约郎约到月上时(吴歌)(《艺苑卮言》)
    等郎等到月上时(秧歌)(《竹间十日话》)

送郎八月到扬州(吴歌)(《西湖游览志余》)

画里看人假当真(吴歌)(《西湖游览志余》)

树头挂网枉求虾(吴歌)(《西湖游览志余》)

夜合花开香满台(吴歌)(《徐氏笔精》)

老龙山下有狂风(粤歌)(《徐氏笔精》)

采莲阿姐斗梳妆(吴歌)(《古今小说》)

十里荷花九里红(吴歌)(《古今小说》)

做天莫做四月天(吴歌)(《醒世恒言》)

大小个生涯没虽弗子个同(吴歌)(《石点头》)

姐儿半夜里打被头(吴歌)(《西游补》)

二月采茶茶发芽(潮州采茶歌)(《岭南杂记》)

三月采茶是清明(潮州采茶歌)(《岭南杂记》)

四月采茶茶叶黄(潮州采茶歌)(《岭南杂记》)

妹相思(粤西民歌)(《池北偶谈》)

思想妹(粤西民歌)(《池北偶谈》)

娘在一岸也无远(粤西民歌)(《池北偶谈》)

妹娇娥(粤西民歌)(《池北偶谈》)

嫩鸭行游塘栅上(粤西民歌)(《池北偶谈》)

妹相思(粤西民歌)(《池北偶谈》)

科举秀才取红豆(粤西民歌)(《池北偶谈》)

思娘猛(瑶歌)(《池北偶谈》)

白马儿(瑶歌)(《池北偶谈》)

邓娘同行江边路(瑶歌)(《池北偶谈》)

黄峰细小鳌人痛(瑶歌摘句)(《池北偶谈》)

六吞六(郎歌摘句)(《池北偶谈》)

望东西南北(郎歌摘句)(《池北偶谈》)

旧钱便好使(郎歌摘句)(《池北偶谈》)

望北斗超生(郎歌摘句)(《池北偶谈》)

各想心各愁(郎歌摘句)(《池北偶谈》)

条条腊真力(郎歌摘句)(《池北偶谈》)

口三六四里(僮歌摘句)(《池北偶谈》)

错畔行过苏行巷(疍歌)(《池北偶谈》)

疍船起离三江口(疍歌)(《池北偶谈》)

鹿在高山吃嫩草(疍歌)(《池北偶谈》)

比万两千金(郎人扇歌)(《池北偶谈》)

比火帝龙师(郎人扇歌)(《池北偶谈》)

谁说高山不种田(民歌)(《峒溪纤志志余》)

妹同庚(民歌)(《峒溪纤志志余》)

妹珍珠(民歌)(《峒溪纤志志余》)

妹金龙(民歌)(《峒溪纤志志余》)

石头大(瑶歌)(《峒溪纤志志余》)

要娘记(瑶歌)(《峒溪纤志志余》)

艮尔留相遇(郎歌)(《峒溪纤志志余》)

艮尔留度立(郎歌)(《峒溪纤志志余》)

流幼扶放城(僮歌)(《峒溪纤志志余》)

皮送柄坡扇(郎人扇歌)(《峒溪纤志志余》)

送条闲肺榕(郎人担歌)(《峒溪纤志志余》)

意着尔(布刀歌)(《峒溪纤志志余》)

莫采广宁圆岭笋(粤歌摘句)(《广东新语》)

中间日出四边雨(粤歌摘句)(《广东新语》)

一树石榴全着雨(粤歌摘句)(《广东新语》)

灯心点着两头火（粤歌摘句）(《广东新语》)

妹相思（粤歌）(《广东新语》)

天旱蜘蛛结夜网（粤歌摘句）(《广东新语》)

妹相思（粤歌）(《广东新语》)

竹叶落（粤歌）(《广东新语》)

素馨棚下梳横髻（粤歌）(《广东新语》)

大姐姐（粤歌）(《广东新语》)

官人骑马到林池（粤歌）(《广东新语》)

一更鸡啼鸡拍翼（粤歌）(《广东新语》)

岁晚天寒郎不回（粤歌）(《广东新语》)

柚子批皮瓤有心（粤语）(《广东新语》)

大头竹笋作三桠（粤歌）(《广东新语》)

清河绾髻春意闹（疍歌？）(《广东新语》)

二月南风莫怕寒（粤歌）(《小豆棚》)

芭蕉取丝不呷果（粤歌）(《小豆棚》)

大船行来一条龙（长沙山歌）(《思益堂日札》)

姊妹过江去采茶（长沙采茶歌）(《思益堂日札》)

南山烧火北山烟（长沙采茶歌）(《思益堂日札》)

好马不吃回头草（长沙山歌）(《思益堂日札》)

十里长亭赶送郎（长沙山歌）(《思益堂日札》)

家花不及野花香（长沙山歌）(《思益堂日札》)

不曾见灯花会结果（长沙山歌）(《思益堂日札》)

月光光（儿歌）(《竹间十日话》)

春风三月暖洋洋（山歌）(《三借庐笔谈》)

郎提篙儿姐放船（山歌）(《三借庐笔谈》)

自煮莲羹切藕丝（粤歌）（《人境庐诗草》）

人人要结后生缘（粤歌）（《人境庐诗草》）

买梨莫买蜂咬梨（粤歌）（《人境庐诗草》）

送人出门鸡乱啼（粤歌）（《人境庐诗草》）

邻家带得书信归（粤歌）（《人境庐诗草》）

一家女儿做新娘（粤歌）（《人境庐诗草》）

嫁郎已嫁十三年（粤歌）（《人境庐诗草》）

自剪青丝打作条（粤歌）（《人境庐诗草》）

第一香橼第二莲（粤歌）（《人境庐诗草》）

阿嫂笑郎学精灵（粤歌）（《人境庐诗草》）

做月要做十五月（粤歌）（《人境庐诗草》）

送郎送到牛角山（粤歌）（《人境庐诗草》）

见郎消瘦可人怜（粤歌）（《人境庐诗草》）

人人曾做少年来（粤歌）（《人境庐诗草》）

人道风吹花落地（粤歌）（《人境庐诗草》）（以上歌谣）

下　　辑

采桑忙来采桑忙（《钟离春智勇定齐》）

天上的娑婆什么人栽（对山歌）（《牧羊记》）

天上的娑婆李太白栽（对山歌）（《牧羊记》）

高高山上一庙堂（山歌）（《牧羊记》）

教场里打鼓摸黄旗（山歌）（《九宫大成谱》引《牧羊记》）

手把征衣自剪裁（山歌）（《投笔记》）

种田道业不为低（歌）（《千金记》）

巡更夫子最难当(山歌)(《还带记》)
我做船家爱清奇(山歌)(《绣襦记》)
大小孤山列两边(歌)(《精忠记》)
溪上桃花夹岸开(采茶歌)(《武陵春》)
溪水清清桃正浓(采茶歌)(《武陵春》)
高山头上一枝梅(歌)(《明珠记》)
南高峰相对北高峰(吴歌儿)(《玉玦记》)
湖上花船日日来(吴歌儿)(《玉玦记》)
我劝世人没要横撑船(山歌)(《虎符记》)
若嫌笑时那敢笑(山歌)(《修文记》)
孟州城里人家忒煞闲(山歌)(《义侠记》)
朝朝暮暮泊淮河(歌)(《彩舟记》)
情郎好像驾车个牛(吴歌)(《玉合记》)
月子虽明光未圆(歌)(《琴心记》)
荷叶团圞秋里亮(歌)(《琴心记》)
桃叶渡头桃花红(歌)(《投梭记》)
江东门,江东门(吴歌)(《投梭记》)
村村歌吹奏春声(吴歌)(《锦笺记》)
风打船头雨欲来(嘲歌)(《玉簪记》)
漫天风舞叶声干(梢歌)(《玉簪记》)
我里今夜小阿姐好像莺莺出烧香(吴歌)(《蕉帕记》)
张家里蜜蜂飞过李家墙(吴歌)(《蕉帕记》)
江水上一对鸳鸯弗走开(吴歌)(《蕉帕记》)
标致姐姐俊俏哥(划船歌)(《蕉帕记》)
铁衣只怕五更头(山歌)(《蕉帕记》)

岁岁捞鱼无本钱(山歌)(《鲛绡记》)
寒风飒飒雪漫漫(山歌)(《鲛绡记》)
朝也忙来暮也忙(山歌)(《刘汉卿白蛇记》)
上山砍柴刀对刀(山歌)(《刘汉卿白蛇记》)
村北村南笑嘻嘻(山歌)(《刘汉卿白蛇记》)
九夏悏悏日正长(山歌)(《刘汉卿白蛇记》)
筑城池,筑城池(山歌)(《刘汉卿白记蛇》)
筑城墙,筑城墙(山歌)(《刘汉卿白蛇记》)
日向西流水向东(歌)(《飞丸记》)
自古英雄几个得到头(歌)(《怡春锦》引《歌风记》)
两个姐儿做一场(山歌)(《袁文正还魂记》)
我劝世人没要学撑船(吴歌)(《运甓记》)
水面生涯最是难(山歌)(《西楼记》)
行不得哥哥(北京煤子歌)(《死里逃生》)
星斗无光月弗子个明(山歌)(《缀白裘》引《十五贯》)
  附录(一)戏曲中之歌谣存目(49种,93首)
    附录(二)《粤风及清人杂记征引浔州歌谣对照表》
    附录(三)其他相同歌谣索引

上　辑

【宋吴曾《能改斋漫录》卷十二《打破筒，泼了菜》】童贯自崇宁二年（1103）始以入内，内侍者东头供奉官。奉旨差往江南等路计置景灵官材料，续差往杭州制造御前生活，又差委制造修盖集禧观斋殿、本命殿、火德真君观，缘此进用被宠。继西边用兵，又以功进。于是，缙绅无耻者皆出其门。而士论始沸腾矣，至以蔡京为比。当时天下谚曰：

打破筒，泼了菜，便是人间好世界！

而朝廷曾不悟也！二人卒乱天下。

（按：谚语和民谣常被人混为一谈，这儿的谚也是民谣之误。此谣又见周烨《清波别志》卷上。）

【宋庄绰《鸡肋编》卷中】建炎后俚语，有见当时之事者，如：

仕途捷径无过贼，上将奇谋只是招。

又云：

欲得官，杀人放火受招安；欲得富，赶著行在卖酒醋。

【又卷下】车驾渡江，韩、刘诸军皆征戍在外，独张浚一军常从行在,择卒之少壮长大者,自臀而下文刺至足,谓之花腿。京师旧日浮浪辈以此为夸。今既效之,又不使之逃于他军,用为验也。然既苦处,又有费用,人皆怨之。加之营第宅房廊,作酒肆名太平楼,搬运花石,皆役军兵。众卒谣曰:

> 张家寨里没来由,使他花腿抬石头。二圣犹自救不得,行在盖起太平楼。

【明叶子奇《草木子》卷三上集《克谨篇》】元统二年(1334)春正月朔,雨血于汴梁,着衣皆赤。三月,彰德路天雨毛,如线而绿。民谣云:

> 天雨线,民起怨;中原地,事多变。

【又卷四上集《谈薮篇》】……(元)廉访司官分巡州县,每岁例用巡尉司弓兵、旗帜、金鼓迎送,其音节则二声鼓、一声锣。起解杀人强盗,亦用巡尉司金鼓,则用一声鼓、一声锣。后来风纪之司,贪污狼藉。有轻薄子为诗嘲之曰:

> 解贼一金并一鼓,迎官两鼓一声锣,金鼓看来都一样,官人与贼不争多!

及元之将乱,上下诸司,其滥愈甚。又有无名子为诗嘲之曰:

> 丞相造假钞,舍人做强盗,贾鲁要开河,搅得天下闹!

于此观之,民风国势于是乎可知矣!

(按:这两首是当时民谣。)

【元陶宗仪《辍耕录》卷九《谣言》】至正丙申(十六年,1354)正月,常熟州陷。松江府印造官号,给散吏、兵佩带,以防奸伪。号之制作,画为圆圈,绕圈皆火焰,圈之内一"府"字,以府印印"府"字上,圈之外四角府官花押。民间谣曰:

> 满城都是火,府官四散躲,城里无一人,红军府上坐。

不二月城破,悉如所言。

【又卷十九《阑驾上书》】至正乙酉(五年,1345)冬,朝廷遣官奉使宣抚诸道,问民疾苦,然而政迹昭著者十不二三。明年秋江右儒人黄如征邀驾上书,指数散散、王士宏等罪状,且及国家利害。斧钺在前,有所不避。……其书略曰:……江西、福建一道,地处蛮方,去京师万里外,传闻奉使之来,皆若大旱之望云霓,赤子之仰慈母。而散散、王士宏等不体圣天子抚绥元元之意,惊扬虎噬,雷厉风飞;声色以淫吾中,贿赂以缄吾口。上下交征,公私朘剥。赃吏贪婪而不问,良民涂炭而罔知。间阎失望,田里寒心,乃歌曰:

> 九重丹诏颁恩至,万两黄金奉使回。〔按:疑是诗人之作。〕

又歌曰:

奉使来时,惊天动地;奉使去时,乌天黑地。官吏都欢天喜地,百姓却啼天哭地!

又歌曰:

官吏黑漆皮灯笼,奉使来时添一重。

如此怨谣,未能枚举,皆万姓不平之气郁结于怀而发诸声者然也。……

【明徐复祚《花当阁丛谈》卷二《夏阁老》】(记夏言妻父苏纲)与御史艾朴通贿作奸,为众所嫉。分宜〔严嵩〕遂发其〔夏言〕阴事,致大辟焉。……京师人为之语曰:

可怜夏桂洲,晴干不肯走,直待雨淋头!

既死,严氏益横。京师人又为之语曰:

可笑严介溪,金银如山堆,刀锯信手施。常将冷眼观螃蟹,看你横行得几时?

【清张廷玉《明史》卷三百八十"奸臣"《马士英传》】(记弘光时南都事)……诸白丁、隶役输重赂,立跻大帅。

都人为语曰:

职方贱如狗,都督满街走。

其刑赏倒乱如此!

【宋释文莹《湘山野录》卷中】开平元年(907)梁太祖即位,封钱武肃镠为吴越王……拜受之。……是年省茔垅,延故老,旌、钺、鼓吹振耀山谷……为牛酒,大陈乡饮。别张蜀锦为广幄,以饮乡妇。凡男女八十已上,金樽;百岁已上,玉樽,时黄发饮玉者尚不减十余人。镠起执爵,于席自唱《还乡歌》以娱宾,曰:"三节还乡兮挂锦衣,吴越一王驷马归,临安道上列旌旗,碧天明明兮爱日辉,父老远近来相随,家山乡眷兮会时稀,斗牛光起兮天无欺。"止。时父老虽闻歌进酒,都不之晓。武肃觉其欢意不甚浃洽,再酌酒,高揭吴喉唱山歌以见意。词曰:

> 你辈见侬底欢喜(吴人谓侬为我),别是一般滋味子(呼味为寐),永在我侬心子里。

止。歌阕,合声赓赞,叫笑振席,欢感闾里。今山民尚有能歌者。

(按:这首不论是否人民的口头创作,但它是最早见于记录的山歌,所以仍然收录。)

【宋赵彦卫《云麓漫钞》卷九】彭祭酒学校驰声,善破经义,每有难题,人多请破之,无不曲当。后有两省同僚尝戏之,请破

> 月子弯弯照几州,几家欢乐几家愁。

彭停思久之,云:"运于上者无远近之殊,形于下者有悲欢之

异。"人益叹服。此两句乃吴中舟师之歌,每于更阑月夜,操舟荡桨,抑遏其词而歌之,声甚悽怨。唐人有诗云:"徙倚仙居凭翠楼,分明宫漏静兼秋。长安一夜家家月,几处笙歌几处愁?"感行于时,具载《辇下岁时记》,与此意同。

(按:《月子弯弯照几州》流传颇广,小说戏曲及明清笔记中常见之,唯文字稍有差异,今附表如下,以供参考。)

作者与作品名称	第一句	第二句	第三句	第四句
宋人话本《冯玉梅团圆》	月子弯弯照几州	几家欢乐几家愁	几家夫妇同罗帐	几家飘散在他州
明冯梦龙《山歌》卷五	~	~	~	~
冯梦龙《警世通言》卷十二辑宋话本《冯玉梅团圆》	~	~	~	~
明叶盛《水东日记》卷五	~	~	"帐"作"幛"	多少漂零在他州
明王世贞《艺苑卮言》卷六	~照九州	~	几人夫妇~	几人飘散~

续表

作者与作品名称	第一句	第二句	第三句	第四句
明顾玄晖《泾林续记》	~照九州	几人欢乐几家愁	几人夫妇~	几人飘散~
明田汝成《西湖游览志余》卷二十五	~照几州	几人欢乐几人愁	几人高楼行好酒	几人飘蓬~
明董说《西游补》第十二回	~	几家~	几人在玉坠金钩帐	几个潇湘夜雨舟
明郑之文《旗亭记》第三十六出	~照九州	几家欢乐几家子愁	几人夫妇同罗帐	几人抛散在他子介州
清程锡路《黄孀余话》卷八、清褚人获《坚瓠二集》卷三《山歌》	引《水东日记》，歌词皆同。			
清梁绍壬《两般秋雨盦随笔》卷四《山歌》	~照九州	几家欢乐几家愁	几家夫妇~	几个飘零在外头

【宋陆游《老学庵笔记》卷四】辰沅靖州蛮……男女聚而踏歌……其歌有曰：

　　小娘子,叶底花,无事出来吃盏茶。

盖《竹枝》之类也。

【一百回本《水浒传》第四回】只见远远地一个汉子挑着一付担桶,唱上山来。……唱道：

　　九里山前作战场,牧童拾得旧刀枪。顺风吹动乌江水,好似虞姬别霸王。

（按：此歌又见于清邱园《虎囊弹》传奇《山门》出,全首作吴歌：九里山前作战子个场,牧童里个拾得旧刀枪。顺风吹动乌江里个水,好似虞姬别霸子个王。）

【又第六回】一个道人（丘小乙）……口里嘲歌着。唱道：

　　你在东时我在西,你无男子我无妻。我无妻时犹闲可,你无夫时好孤悽!

（按：清褚人获《坚瓠十集》卷三吴歌亦录此歌,末句为"你无男子好孤悽!"余同。）

【又第十六回】只见远远地一个汉子（白胜）,挑着一付担桶,唱上岗子来。唱道：

赤日炎炎似火烧,野田禾稻半枯焦。农夫心内如汤煮,公子王孙把扇摇。

(按:清褚人获《坚瓠二集》卷三《山歌》曾引此歌,言"与杜荀鹤《雪诗》""拥抱公子休言冷,中有樵夫跣足行"同意。)

【又第十九回】行不到五六里水面,只听得芦苇中间,有人(阮小五)嘲歌。众人且住了船听时,那歌道:

打鱼一世蓼儿洼,不种青苗不种麻。酷吏赃官都杀尽,忠心报答赵官家。

……船头上立着一个人(阮小七),头戴青箬帽,身披绿蓑衣,手里撚着条笔管枪,口里也唱着道:

老爷生长石碣村,禀性生来要杀人。先斩何涛巡检首,京师献与赵王君。

【又第三十七回】只见那梢公摇着橹,口里唱起湖州歌来。唱道:

老爷生长在江边,不怕官司不怕天。昨夜华光来趁我,临行夺下一金砖。

【又第六十一回】(小船)前面的人,横定篙,口里唱着山歌道:

生来不会读诗书,且就梁山泊内居。准备窝弓射猛虎,安排香饵钓鳌鱼。

……(又一只小船)前面横定篙,口里也唱山歌道:

　　乾坤生我泼皮身,赋性从来要杀人。万两黄金浑不爱,一心要捉玉麒麟。

(按:下面另有山歌一首,即吴用写的藏头诗,不录。)

【秋山《刎颈鸳鸯会》】楼外乃是河,舟船歇泊之处。将及二更,忽闻梢人嘲歌声,隐约记得后两句曰:

　　有朝一日花容退,双手招郎郎不来。

(按:明冯梦龙,《警世通言》三十八卷辑此篇,但在这两句前还有两句:
"二十去了廿一来,不做私情也是呆。"
冯氏所辑《山歌》卷一《做人情》就是这首,文字与《通言》略同。
又:清王有光《吴下谚联》卷三《双手招郎郎不来》条注:"此吴歌也:'三十过,四十来,双手招郎郎不来。'")

【明叶盛《水东日记》卷五】(《纪录汇编》所收《摘钞》本列卷二)吴人耕作或舟行之劳,多作讴歌以自遣,名曰唱山歌。中亦多可为警劝者,漫记一二:

　　……

  南山头上鹁鸪啼,见说亲爷娶晚妻,爷娶晚妻爷心喜,前娘儿女好孤悽!

  (按:明田汝成《西湖游览志余》卷二十五载录,文字略有出入。首句作"高山顶上",次句"见"字作"闻",第三句"爷心喜"作"犹自可",末句"儿女"作"儿子","悽"作"妻"。

  清程锡路《黄嬭余话》卷八亦录,本《水东日记》。

  清褚人获《坚瓠二集》卷三《山歌》亦本《水东日记》,惟第三句作"爷娶晚妻犹自可",余同。)

  【明陆容《菽园杂记》卷一】吴中乡村唱山歌,大率多道男女情致而已。惟一歌云:

  南山脚下一缸油,姊妹两个合梳头:大个梳做盘龙髻,小个梳做杨篮头。

不知何意。朱廷评树芝尝以问予,予思之,翼日报云:"此歌得非人言之所业本同厥初,惟其心之趋向稍异,则其成就遂有大不同者,作如是观可乎?"树芝云:"君之颖悟过我矣。作如是观,此山歌第一曲也。"

  (按:褚人获《坚瓠十集》卷三《山歌》第一亦载此歌及上述文字,惟后三句略有不同:"……姑嫂两个赌梳头,姑娘梳做盘龙髻,嫂嫂梳做羊兰头。"

  又:梁绍壬《两般秋雨盦随笔》卷四《山歌》第三、四句微有差异,"大个""小个"均作"大的""小的","梳做"作"梳个","杨兰头"作"杨烂头"。)

【清梁绍壬《两般秋雨盦随笔》卷四《山歌》】……台州塘下戴氏将败,童谣云:

> 塘下戴,好种菜;菜开花,好种茶;茶结子,好种柿;柿蒂乌,摘了大姑摘小姑。

音节真如古乐府。又儿童扯衣裙相戏曰:

> 牵郎郎,拽弟弟,踏碎瓦片不着地。

《诲初录》曰:"此祝生男也。踏碎瓦,禳之以弄璋;牵衣裙,禳之以衣裳;不着地,禳之以寝床。上二句祝多男,下一句祝其不生女,寥寥三语,赅括斯干。"后二节诗甚奇。吴斧仙名峻,杭府人,作山歌云:"吴山脚下唱山歌,山色弯环双黛螺。天上月儿糖饼样,中间不信有姮娥。"痴语亦有致。

【明汤沐《公余日录使臣采樵妇吟》】(《说郛续》卷十四、《粟香丛书》本均不分卷)成化初,遣官分采实录,有某进士者当往某处,有司汇集诗文以上,彼独取《樵妇吟》一首,云:

> 与郎相期月上来,及至月上郎不来,妾在平地见月蚤,郎在深山见月迟。

盖得古体也。今读之宛然怨而不怒之意。闻之金陵姚大章,今失其士之姓名及使地云。

(按:《与郎相期月上来》或作《约郎约到月上时》,见于以下各书。

明王世贞《艺苑卮言》亦录此及《月子弯弯照九州》二篇，并盛赞云："即使子建、太白降为俚谈，恐亦不能过也。然此田畯作劳之歌，长年樵青，山泽相和，入城市间愧汗塞吻矣。"但文字出入很大：

"约郎约到月上时，只见月上东方不见渠[音其]，不知奴处山低月上早？又不知郎处山高月上迟？"

明冯梦龙辑《山歌》卷一《月上》篇，郑之文《旗亭记》传奇第三十六出吴歌均与《艺苑卮言》所录约略相同。明田汝成《西湖游览志余》所载也和《艺苑》相近，惟第二句作"看看等到月蹉西"，第三四句中"月上"均作"月出"，"又不知"作"还是"，更近口语。清褚人获《坚瓠十集》卷三吴歌曾转录之。

清郭柏苍《竹间十日话》卷五引村农插秧歌云：

"等郎等到月上时，月今上了郎未来[叶音黎。《诗》："牛羊下来。"《王母白云谣》："尚复能来。"]莫是奴屋山低月出早？莫是郎屋山高月出迟？不是出早与出迟，大半是郎没意来。记得当初未娶嫂，三十无月暗也来。"

词虽鄙亵，往复再三，亦文人才士托兴彤管也。）

【明田汝成《西湖游览志余》卷二十五】吴歌惟苏州为佳，杭人近有作者，往往得诗人之体……如云：

> 送郎八月到扬州，长夜孤眠在画楼；"女""子"拆开不成"好"，"秋""心"合着却成"愁"。

此亦赋体也。而黄山谷之词先有之："你共人'女'边着'子'，争知我'门'里挑'心'"是也。

（按：清褚人获《坚瓠十集》卷三吴歌转录此首，惟第三句"拆"作"离"

字,余同。)

……又云:

> 画里看人假当真,攀桃接李强为亲。郎做了三月杨花随处滚,奴空想隔年桃核旧时仁。

如云:

> 树头挂网枉求虾,泥里无金空拨沙;刺潦树边栽枸橘,几时开得牡丹花?

此比体也,有守一而终之意。

(按:《坚瓠十集》也转录了《树头挂网枉求虾》,惟改"枸"作"狗"。)

【明徐𤊹《徐氏笔精》卷五】吴歌云:

> 夜合开花香满台,夜夜期郎郎不来。当初只道夜合花开夜夜合,那知夜合花开夜夜开!

(按:明冯梦龙辑《山歌》卷六《夜合花》和此首略同。)

【明徐𤊹《徐氏笔精》卷五】粤东俗淫(?),有蛮歌云:

> 老龙山下有狂风,老龙山上月朦胧。槟榔劝郎郎不醉,辜负奴唇一点红。

(按:清钱谦益《列朝诗集》闰集六《蛮歌》及清朱彝尊《静志居诗话》卷

二十四《广东歌堂词》俱录此歌,除《静志居诗话》以"姑"代"辜"字外,余文皆同。)

【明冯梦龙辑《古今小说》第十二卷】(此卷明人作)吴歌云:

> 采莲阿姐斗梳妆,好似红莲搭个白莲争:红莲自道颜色好,白莲自道粉花香。粉花香,粉花香,贪花人一见便来抢。红个也忒贵,白个也弗强。当面下手弗得,和你私下商量,好像荷叶遮身无人见,下头成藕带丝长。

……一只吴歌题于壁上。歌云:

> 十里荷花九里红,中间一朵白松松。白莲则好摸藕吃,红莲则好结莲蓬。结莲蓬,结莲蓬,莲蓬生得忒玲珑,肚里一团清趣,外头包裹重重。有人吃着滋味,一时劈破难容。只图口甜,那得知我心里苦——开花结子一场空。

这首吴歌流传吴下,至今有人唱之。

【明冯梦龙辑《醒世恒言》第十八卷】(此卷明人作)江南有谣云:

> 做天莫做四月天:蚕要温和麦要寒,秧要日时麻要雨,采桑娘子要晴干。

(按:这首吴歌又见于清蔡云《吴歈百绝》第二十五首注,第一句"莫做"作"难做",第三句作"种菜歌儿要落雨",余同。)

【明天然痴叟《石点头》卷六】（吴歌一首）

大小个生涯没虽弗子个同,只弗要朝朝困到日头红。有个没弗来顾你个无个苦,阿呀!各人自己巴个镬底热烘烘。

【明董说《西游补》第十二回】（吴歌）

姐儿半夜里打被头,为何郎去你吤勿留留?若是明夜三更郎勿见,剪碎鸳鸯浪锦衾!

【清吴震方《岭南杂记》卷上】 潮州灯节,有鱼龙之戏。又每夕各坊市扮唱秧歌,与京师无异。而采茶歌尤妙丽。饰姣童为采茶女,每队十二人或八人,手挈花篮,迭进而歌,俯仰抑扬,备极妖妍。又有少长者二人为队首,擎绿灯,缀以扶桑、茉莉诸花。采女进退行止,皆视队首。至各衙门或巨室歌唱,赉以银钱酒果。自十三日□至十八夕而止。余录其歌三首,有曰:

二月采茶茶发芽,姊妹双双去采茶,大姊采多妹采少,不论多少早还家。

三月采茶是清明,娘在房中绣手巾;两头绣出茶花朵,中间绣出采茶人。

四月采茶茶叶黄,三角田里使牛忙;手挈花篮寻嫩采,采□茶来苗叶香。

颇有《前溪》《子夜》之遗。

（按：以上三首又见于清屈大均《广东新语》卷十二《粤》歌，第一首中"姊"字《新语》均作"姐"；第二首"间"字《新语》作"央"；第三首第二句"田里"作"田中"，第三四句作"使得牛来茶已老，采得茶来身又黄"。余相同。）

【清王士禛《池北偶谈》卷十六《粤风续九》】粤西风淫佚(？)，其地有：民歌、瑶歌、郎歌、僮歌、蛋人歌、郎人扇歌、布刀歌、僮人舞桃叶等歌，种种不一，大抵皆男女相谑之词。相传唐神龙中，有刘三妹者，居贵县之水南村，善歌，与邕州白鹤秀才登西山高台为三日歌。秀才歌《芝房》之曲，三妹答以《紫凤》之歌；秀才复歌《桐生南岳》，三妹以《蝶飞秋草》和之；秀才忽作双调曰《朗陵花》，词甚哀切，三妹歌《南山白石》，益悲激，若不任其声者。观者皆叹欷。复和歌，竟七日夜，两人皆化为石，在七星岩上，下有七星塘。至今风月清夜，犹仿佛闻歌声焉。同年睢阳吴冉渠淇，为浔州推官，采录其歌，为《粤风续九》。虽侏僸之音；时与乐府《子夜》《读曲》相近，因录数篇。民歌曰：

　　妹相思，不作风流待几时？只见风吹花落地，不见风吹花上枝。(《相思曲》)〔《粤风》第二首〕

（按：《相思曲》原载清吴淇《粤风续九》，各书多转录之，唯歌辞略有出入，见附表。）

书 名	《粤风续九》妹相思,不作风流	待	几时,只见风吹花落地,	不见	风吹花上枝
清陆次云《峒溪纤志志余》《昭代丛书》丙集卷二十七		到		不见	
清屈大均《广东新语》卷十二《粤歌》		到		那见	
清朱彝尊《静志居诗话》卷二十四		待		不见	
清褚人获《坚瓠八集》卷四《溪侗歌谣》		到		不见	
清梁绍壬《两般秋雨盦随笔》卷六《粤歌》		到		那见	
清师范《滇系》十二之一《杂载》		到		不见	
清蒋士铨《雪中人》传奇第十三出《赏石》		到		不见	

思想妹,蝴蝶思想也为花,蝴蝶思花不思草,兄思情妹不思家。(《蝴蝶思花》)〔《粤风》第一首〕

(按:《蝴蝶思花》原载清吴淇《粤风续九》,清王士禛《渔洋诗话》卷下录其第三、四句;峒溪纤志志余》、《带经堂诗话》卷二十一、《滇系》十二之一《杂载》、《雪中人》传奇第十三出《赏石》亦曾转录,惟《赏石》中末句"兄"字作"我"。)

娘在一岸也无远,弟在一岸也无遥,两岸人烟相对出,独隔青龙水一条。(《隔水曲》)〔《粤风》第九首〕

(按:《隔水曲》原载《粤风续九》,《渔洋诗话》卷下及《带经堂诗话》卷二十一仅录第三、四句,"独隔"作"只隔",《峒溪纤志志余》《雪中人赏石》《滇系·杂载》均全录,"人烟"俱作"火烟",《杂载》首句并以"姐"代"娘"字。)

妹娇娥,怜兄一个莫怜多;已娘莫学鲤鱼子,那河又过别条河。(《妹同庚》〔《粤风》第十八首〕)

(按:《妹娇娥》原载《粤风续九》,《渔洋诗话》卷下及《带经堂诗话》卷二十一仅录第三、四句;《峒溪纤志志余》《雪中人赏石》《滇系·杂载》全录,《赏石》中第二句作"劝娘……")

嫩鸭行游塘栅上,娇娥尚细不曾知。天旱蜘蛛结夜网,想

晴只在暗中丝。(《塘上》〔《粤风》第二十首〕)

(按:《塘上》一首,《渔洋诗话》卷下、《带经堂诗话》卷二十一、《广东新语》卷十二及《两般秋雨盦随笔》卷六《粤歌》均录其第三、四句。)

妹相思,妹有真心弟也知;蜘蛛结网三江口,水推不断是真丝。(《妹相思》)〔《粤风》第二十八首〕

(按:《妹相思》一首,《渔洋诗话》卷下、《带经堂诗话》卷二十一、《广东新语》卷十二仅录其第三、四句;《峒溪纤志志余》、《坚瓠八集》卷四、《雪中人》传奇《赏石》、《滇系》十二之一皆录全文,唯《坚瓠八集》卷四第二句"也"作"亦"字,余同。)

科举秀才取红豆,相思及早办前程。黄菊花开九月九,枝枝叶叶有娘名。(《黄菊花》)〔《粤风》第三十一首〕

(按:《黄菊花》一首,《渔洋诗话》卷下、《带经堂诗话》卷二十一转录,与此全同。以上各首,《峒溪纤志志余》误作"苗歌",《坚瓠八集》卷四转录《志余》,亦误作"苗歌"。)

瑶歌云:

思娘猛,行路也思睡也思:行路思娘留半路,睡也思娘留半床。〔按:《渔洋诗话》引修和惟克甫原本注释云:"其韵想能自叶"。〕〔《粤风》瑶歌第五首〕

（按：《思娘猛》一首，《峒溪纤志志余》《雪中人·赏石》皆全录之，《广东新语》卷十二及《两般秋雨盦随笔》卷六俱录其后两句。）

白马儿，白马端止也难骑，娘骑马头表马尾，马头尖尖妹陷比。（陷比，即怎骑。）〔《粤风》瑶歌第六首〕

邓娘同行江边路，却滴江水中娘身，滴水一身娘未怪，表凭江水作媒人。（邓，与也。）〔《粤风》瑶歌第十二首〕

（按：《邓娘同行江边路》一首，《广东新语》卷二十、《两般秋雨盦随笔》卷六转录之，首句"邓"皆作"与"，第二句"中"作"上"；第四句"表"作"要"。余文同。）

黄蜂细小螫人痛，油麻细小炒仁香，鸭儿细小着水面，表绿细小爱怜娘。〔《粤风》瑶歌第二十首末四句〕

（按：《黄蜂细小螫人痛》一首，此处缺第一、二句，《渔洋诗话》卷下及《带经堂诗话》卷二十一转录，"炒"字作"煼"，末句"表绿"作"表因"；《广东新语》卷十二及《两般秋雨盦随笔》卷六则仅录"黄蜂细小螫人痛，油麻细小炒仁香"二句。）

郎歌：

六吞六，齐度菊口笼。（六，鸟也。吞，见也。齐度，大家也。菊，飞入也。口笼，山中也。）大路无数岔，江河无数曲。〔《粤风》郎歌第五首第一、二、五、六句〕望东西南北，花色一般红。〔《粤风》郎歌第九首末二句〕

（按：这是《粤风十六管国六》中的一部分歌辞。）

又：

　　旧钱便好使，旧米好做糍。〔《粤风》郎歌第十二首第五、六句〕

（按：这是《粤风·妹知弟不知》中的一部分歌辞。）

　　望北斗超生，望有彭照顾。（彭谓所私。）〔《粤风》郎歌第十三首第五、六句〕

（按：这是《粤风·皮论力巡苦》中的一部分歌辞。）

　　各想心各愁，心头如马践。〔《粤风》郎歌第十八首五、六句〕

（按：这是《粤风·贯住苟双孟》中的一部分歌辞。）

　　条条腊真力，百色尽齐眉。（腊，担也。真力，重也。）三十六图羊，四十只图鸡。（言采礼之多，盛称夫家，与《罗敷行》同意。）〔《粤风》郎歌第二十首五至八句〕

（按：这是《粤风·扶沉苟笼梯》中的一部分歌辞。）

僮歌：

口三六四里,踏得耳花桃。花脉淋了好,花桃淋了密;淋了细丝丝,淋了离乙乙。养勒佛排捱,养勒花排菲,里样对鸳鸯,里样梁山伯,山伯祝英台。(此进山踏歌之词。口,入也。脉,瓣也。淋,谛视也。离,陆离之意。乙,犹亚也。五六句承四五句,言桃花附萼之秾艳。以下五句,专赋踏歌之人。勒,儿也。捱,整齐也。菲,美丽也。男女相悦,言男如佛,女如花耳。鸳鸯比之于鸟,梁祝比之于人。)〔《粤风》僮歌第一首〕

蛋歌(蛋有三种:蠔蛋、木蛋、鱼蛋,此鱼蛋也):

错畔行过苏行巷,鱼通水透到花街。木樨花发香十里,蝴蝶闻香水面来。〔《粤风》蛋歌第一首〕

(按:这首也载录于《粤风》、《渔洋诗话》卷下、《带经堂诗话》卷二十一、《峒溪纤志志余》等书,《粤风》及《志余》作"苏兴巷";《渔洋诗话》所录第二句作"鱼穿水透……")

蛋船起离三江口,只为无风浪来迟。月明今网船头撒,情人水面结相思。(今,拏也。三江,黔江、郁江、浔江。)〔《粤风》蛋歌第二首〕

鹿在高上吃嫩草,相思水面缉麻纱。纹藤将来作马疋,问娘鞍落在谁家?(麻纱,网也。鱼蛋浮家泛宅,故所赋不离江上也。)〔《粤风》蛋歌第三首〕

郎人扇歌者,书于扇,字如蝇头,一面则花鸟。其词有云:

> 比万两千金,眉心又眉意。〔《粤风》郎人扇歌第四首五、六句〕

(按:这是《粤风·便住齐滕皮》中的一部分歌辞。)

> 比火帝龙师,结夫妻卦世。(火帝、龙师,二人名。卦,过也。)〔《粤风》郎人扇歌第五首五、六句〕

(按:这是《粤风·便方齐滕皮》中的一部分歌辞。又:以下还有几句对担歌、布刀歌等名词的解释,因与后面的资料重复,又缺乏具体材料,所以删略了。)

【清陆次云《峒溪纤志志余》】(《昭代丛书》丙集卷二十七)溪峒歌谣数种,约数百篇,兹各取其一二,以概其余。次云得之王大司成阮亭先生者。先生题其简端曰:余旧闻粤西僮、瑶之俗,以歌自择匹偶,然不知其歌词为何等语也。顷宋牧仲郎中贻《粤风续九》一〔四〕卷,凡粤西及郎、僮、瑶人之歌悉备。其词淫,其诗荡,其语乃古艳,与乐府歌辞差近,亦删《诗》不废郑、卫之意也。此书为浔州司理睢阳吴湛〔淇〕冉渠所辑,其云"修和惟克甫"者,托名子虚也。先生之言如此。噫!微先生好奇领异,云何以得全《纤志》一书!谨志其缘,俾天下闻所未闻者知所自也。

声歌原始

诸溪峒初不知歌,善歌自刘三妹始也。三妹不知何时人,游戏得道于山谷,侏僳之音所过无不通晓,皆依其馨、就其韵而作歌与之,以为谐婚跳月之辞。其人各奉之以为式。苗歌有云"读诗便是刘三妹",则非惟歌之,而且读之,以为识字通文之藉矣。其时有白鹤秀才者亦善歌,与三妹登粤西七星岩绝顶相倡酬,音如鸾凤。听之者数千人皆忘返。留连往复,已而歌声寂然,见两人亭亭相对,则已化为石矣。至今月白风清之夜,犹隐隐闻玲珑宛转之音。诸苗、瑶、郎、僮之属遂祀刘于洞中勿替。后有作歌者必先陈祀于刘,始得传唱。其南山之南别有刘三妹洞,闻游人遥呼三妹,妹辄应云。

(按:《志余》中各种歌谣,多有与《池北偶谈》所录相同者,此处不作重复,至于歌辞同异,请参看《偶谈》各首歌谣后面的按语。)

苗歌

(按:《粤风》及《池北偶谈》作"民歌",此误。)

《高山种田》

谁说高山不种田,谁说路远不偷莲?高山种田食白米,路远偷莲花正鲜。〔《粤风》第八首〕

(按:此歌《雪中人》传奇《赏石》《滇系·杂载》中都曾转录,《赏石》中"高山"作"山高","食"作"吃";《杂载》中"路远"作"路边",余皆同。)

《妹同庚》

妹同庚,同弟一年一月生,同弟一年一个月,大门同出路同行。〔《粤风》第十三首〕

又

妹珍珠,偷莲在世要同居,妹有真心兄有意,结成东海一双鱼。〔《粤风》第十七首〕

又

妹金龙,日思夜想路难通,寄歌又没亲人送,寄书又怕人开封。〔《粤风》第十九首〕

(按:此三首又见《雪中人》传奇《赏石》《滇系·杂载》,文字均同。)

瑶歌(注释皆修和惟克甫原本)

歌

石头大,牛大陷到石头边,牛大陷到石头面,念娘不到娘身边。(瑶人呼鱼为牛。石大,大字如字;牛大,大字解作牛〔游〕字。陷是不言。已虽相念之切,不得到身边,犹鱼之游只在水中,不得到石边也。)〔《粤风》瑶歌第一首〕

又

要娘记,要娘把笔写行书,写书便写因巨叶,思著万看巨叶书。要娘记,要娘把笔写行书,写书便写因衫背,思著万看

衫背书。〔《粤风》瑶歌第十九首,不知《粤风续九》是否二首。〕

此书为浔州司理睢阳吴淇冉渠所辑,修和惟克甫其别称也。能解所不解,使人闻所未闻。欣赏奇文,敢没其所自乎!

朗歌

唱

良尔留相遇,如水还到江。(良尔是今日。留是我。)良尔留度让,如贫双品巴。(度让是厮撞见。贫是成。郎人呼蝴蝶为品巴。)日往月又移,同厘幼间住?(同是同年。厘是好。幼间是何处。别你久了,你好?在何处住?)平南、藤、贵县,斗吞妹王还。(平南县,贵县隶浔州府,藤县隶梧州府,三县接壤。斗是来。吞是见。王还犹云风流。)〔《粤风》郎歌第三首〕

此首当是久别忽于途中相遇之词。良尔二句以比女家,以水自比。水是乱流不定的,便伏下平南二句意;江是有定所的,虽未讯及女之近居,然女子无远行,家必不远矣。如贫句言已前如水之流不得见你;今既见你就如一对蝴蝶再永不离矣,盖喜极之词。日往二句,言天时既变,人事亦改。别你许多时,你今可好?在何处居住?平南二句,言我只为妹的风流,那处寻你不到;今日恰遇在此,安得不喜!

和

良尔留度立,如个录逢春。(立是遇。个录是个竹。)良尔留相逢,如恳吞笼斗!(如恳吞笼斗,犹云如从天上掉下你来了。)咳当临他流,咳秋临他笃!(咳是挨至。当是门。临是眼。他是泪。秋是柱头。笃是流得更多。)扶台使断派,扶在使度辛!(扶台是那个死了。断派是丢开。度辛是相见。)〔《粤风》郎歌第四首〕

竹亦是有定所、有节操的,春是有去有来的。春比郎,竹自比。首四句亦答前四句之意。咳当二句,喜极而转悲也。当是邀其到家之意,言我邀郎到我家,挨到我门前,不觉眼泪流出来;进门挨到柱头,愈不觉泪流更多了。末句当其进屋自明心事之词,意自明白。

僮歌

歌

流幼扶放城,里放城驴落;流幼扶放落,里放落驴阑;里放驴老观。花伦剪花保,花除剪伦落!劳有各失雷,不食骑了有。〔《粤风》僮歌第八首〕

此歌多未详,大意谓:我知道你在这个城里,得到城里,又不知你在哪个村里;及知道你在这个村里,得到村里,又不知你在哪个门里;及知道你的门里,又不知你在哪个屋里。相见如此之难,怕因寻失对,不得相伴作夫妻也。花伦二句,说路上有花,开时何等热闹,落后自然冷落,比人当及时,以起下文也。

下篇　相关研究补编

巹歌

（按：下录《错畔行过苏兴巷》一首，已见《池北偶谈》，此处不再重复。）

扇歌

扇歌书于扇，赠所私者。白扇一面花鸟，一面歌字如蝇头。其词借扇及扇面花鸟寓意；相连百十首，前后起止皆有章法；有创作，有套本词。多不能悉载，姑取其佳者数首云（按：这是引吴淇原文，下面只引一首）。

皮送柄坡扇，许旧面坡林。（皮是兄。郎人呼扇曰坡。许是看。林是风。言兄送这扇与你，此扇有风，便要看旧日情面。）也不内不兄，许名今匹召。（内是小。兄是大。许是与。名是同。今是拿。匹召是一世。言这扇不大不小，可拿一世。）往杜晚批瑶，也厘除方便。（往是妹。批是去。晚是墟。瑶是村。厘是好。除是得。言妹去墟、去村，拿着方便又好看。）艮便放苟等，江陷放苟去。（艮是日里。江是夜里。等是手。去是床。苟是头。言白日拿在手头，夜间放在床头，欲其须臾不离之意。）〔《粤风》郎歌第二十三首扇歌〕

担歌

杜少陵曰：夔俗坐男、使女。今粤俗亦然。故侗人多用木担聘女，或以赠所私者。式如常，以五采龄作方段，龄处文如鼎彝然，歌与花鸟相间，字亦如蝇头。文多，姑存其一，以备一体云。

送条闲肺榕，许名同过照。（郎人呼担曰闲，木曰肺，闲肺榕者,取榕木作木担也。许是与。名同是情人。过照是表配。言送一条榕木担与情人作表记。)雷眉么好妙,送年少便厘。(雷眉是没有。厘是好。言木担无甚好处,只是人好,犹彤管美人之意。)正江花厘陋,双苟又有龙;(正江是中间,厘是好。陋是满。双苟是两头。言中间画的花好,又满面都是,而两头又画龙也。)送许同立价,定旧话百春!(花鸟如此之好,又作歌上面送与同年,定做风流话柄百年耳。)〔《粤风》郎歌第二十九首担歌〕

布刀歌

布刀者,峒人〔按《粤风》应作瑶,下文同〕织具也。峒人不用高机,无箸、无枝,以布刀兼之。刀用山木,形如刀,长于布之阔,锐其两端,背厚而椭,如弓之弧,刃如弦而薄。刳其背之腹以纳纬,而惌其锐而吐之以当梭;纬既吐,则两手扳其两端以当箸也。峒人书歌于刀上,间以五彩花卉,明漆沐之,以赠相知云。

　　意着尔,便能缌三意着程,缌三着程陷用峡,娘就意表陷用媒。〔《粤风》瑶歌第二十一首布刀歌〕

此首见瑶人歌中,释详俱未审。观其织作,始得其解。程即布刀。峡,箸也。高机用箸,此以布刀代之,故不用。意着是黏着。言我今日黏着你,就如丝线黏着布刀一般。丝线黏着布刀,自然上紧,故不用箸。你我相黏,又何用媒哉!

玄之又玄之语,能为详译而出,修和惟克其公冶长、李太白乎?真奇人也!

（按：《龙威秘书》本错误更多，今据《昭代丛书》本录出。）

【清屈大均《广东新语》卷四《迷坑》】广宁县北五十里有圆岭山，横亘十五里，其坑凡九十有九，坑坑相似，失道必三日乃得出。采笋者一一记其处，称曰迷坑。山歌云：

莫采广宁圆岭笋，迷人九十九条坑。

（按：梁绍壬《两般秋雨盦随笔》卷六《迷坑》，也转录了这条。）

【清屈大均《广东新语》卷十二《粤歌》】粤俗好歌，凡有吉庆必唱歌以为欢乐。以不露题中一字，语多双关，而中有挂折者为善。挂折者，挂一人名于中，字相连而意不相连者也。其歌也，辞不必全雅，平仄不必全叶，以俚言、土音亲贴之，唱一句或延半刻，曼节长声，自回自复，不肯一往而尽；辞必极其艳，情必极其至，使人喜悦悲酸而不能已已，此其为善之大端也。故尝有歌试以第高下，高者受上赏，号为歌伯。

其娶妇而亲迎者，婿必多求数人与己年貌相若，而才思敏给者，使为伴郎。女家索拦门诗歌，婿或捉笔为之，或使伴郎代草，或文或不文，总以信口而成才华斐美者为贵。至女家不能酬和，女乃出阁。此即唐人催妆之作也。先一夕，男女家行醮，亲友与席者，或皆唱歌，名曰"坐歌堂"。酒罢，则亲戚之尊贵者，亲送新郎入房，名曰"送花"。花必以多子者，亦复唱歌。自后连夕亲友来索糖梅啖食者，名曰"打糖梅"，一〔亦〕皆唱歌，歌美者得糖梅益多矣。

其歌之长调者，如唐人《连昌宫词》《琵琶行》等，至数百言、千言，以三弦合之，每空中弦以起止，盖太簇调也，名曰"摸鱼歌"。或妇女岁时聚会，则使瞽师唱之，如元人弹词曰某记某记者，皆小说也。其事或有或无,大抵孝义贞烈之事为多。竟日始毕一记。可劝可戒,令人感泣沾襟。

其短调踏歌者,不用弦索,往往引物连类,委曲譬喻,多如《子夜》《竹枝》。如曰(按:以下引举歌谣,但整理时仅摘其与前面不相重复的部分):

中间日出四边雨,记得有情人在心。

(按:此歌又见朱彝尊《静志居诗话》卷二十四《广东歌堂词》及梁绍壬《两般秋雨盦随笔》卷六《粤歌》,《新语》与《随笔》都只录了第三、四句,全歌见《诗话》:"采莲去时江水深,采莲归时江树阴。……"但不知此二句来源。)

曰:

一树石榴全着雨,谁怜粒粒泪珠红!

(按:《静志居时话》卷二十四及《两般秋雨盦随笔》卷六同此。)

曰:

灯心点着两头火,为娘操尽几多心。

(按:《静志居诗话》卷二十四亦录,文同。并于歌后评述:"天机所触,自然合韵。")

曰:

妹相思,蜘蛛结网恨无丝;花不年年在树上,娘不年年作

女儿。〔又见《粤风》第四十一首,但首句作"恨无唱"。〕

(按:《两般秋雨盦随笔》卷六所录与《新语》同,《静志居诗话》卷二十四《浔州士女相思曲》本《新语》转录,唯末二句作"花不年年长在树,娘不年年伴女儿。")

《竹叶歌》曰:

> 竹叶落,竹叶飞,无望翻头再上枝;担伞出门人叫嫂,无望翻头做女时。

《素馨曲》曰:

> 素馨棚下梳横髻,只为贪花不上头。十月大禾未入米,问娘花浪几时收?

(按:《两般秋雨盦随笔》卷六只录《素馨曲》,歌辞相同,歌后注释也与《新语》相近。)

凡村落人奴之女,嫁日不敢乘车,女子率自持一伞以自蔽。既嫁,人率称之为嫂。此言女一嫁不能复为处子,犹士一失身,不能复洁白也。梳横髻者,未笄也。宜笄不笄,是犹不肯在花棚上也。十月熟者名大禾,岁晏而米不入,花浪不收,是过时而无实也。此刺淫女,亦以喻士之不及时修德,流荡而至老也。有曰:

> 大姐姐,分明大姐大三年,担凳井头共姐坐,分明大姐坐头边。

言女嫁失时也,妹自愧先其姊也。有曰:

　　官人骑马到林池,斩竿篍竹织筲箕。筲箕载绿豆,绿豆喂相思;相思有翼飞开去,只剩空笼挂树枝。

(按:《两般秋雨盦随笔》卷六所载大致相同,唯第二句"篍竹"作"筊竹"。)

刺负恩也。有曰:

　　一更鸡啼鸡拍翼,二更鸡啼鸡拍胸,三更鸡啼郎去广,鸡冠沾得泪花红。

有曰:

　　岁晚天寒郎不回,厨中烟冷雪成堆,竹篙烧火长长炭,炭到天明半作灰。

有曰:

　　柚子批皮瓤有心,小时则剧到如今;头发条条梳到尾,鸳鸯怎得不相寻?

有曰:

大头竹笋作三桠,敢好后生无置家,敢好早禾无入米,敢好攀枝无晾花!

(按:以上四首《两般秋雨盦随笔》都曾转录,唯"大头竹笋作三桠"作"大头竹笋有三桠",余同。《静志居诗话》卷二十四《广东歌堂词》仅录《岁晚天寒郎不回》一首,其中第三句"长长炭"作"成长炭"。)

敢好者,言如此好也。

其疍女子荡恣,如吴下"唱杨花"者曰"绾髻",有谣曰:

　　清河绾髻春意闹,三十不嫁随意乐;江行水宿寄此生,摇橹唱歌桨过滘。

桨者,摇船也,亦双关之意。滘者,觉也。如此类不可枚举,皆以比、兴为工,辞织艳而情深,颇有风人之遗。

而《采茶歌》尤善。粤俗岁之正月,饰儿童为采女,每队十二人,人持花篮,篮中然一宝灯,罩以绛纱。以絚为大圈,缘之踏歌,歌《十二月采茶》。

(按:下面"二月采茶茶发芽"等三首《采茶歌》,已见于《岭南杂记》卷上,此处从略。)

是三章则几于雅矣。

东莞岁朝贸食妪所唱"歌头曲尾"者,曰"汤水歌"。寻常瞽男女所唱,多用某记,其辞至数千言,有雅有俗,有贞有淫,随主人所命唱之,或以琵琶、篆子为节。

儿童所唱以嬉,则曰山歌,亦曰"歌仔",多似诗余音调,辞虽细碎,亦绝多妍丽之句。

大抵粤音柔而直，颇近吴越，出于唇舌间，不清以浊，当为羽音。歌则清婉溜亮，纡徐有情，听者亦多感动。而风俗好歌，儿女子天机所触，虽未尝目接诗书，亦解白口唱和，自然合韵。说者谓粤歌始自榜人之女，其原辞不可解，以楚说〔词〕释之，如"山有木兮木有枝，心悦君兮君不知"，则绝类《离骚》也。粤固楚之南裔，岂屈宋流风多洽于妇人女子欤？

潮人以土音唱南北曲者，曰潮州戏。潮音似闽，多有声而无字，有一字而演为二三字。其歌轻婉，闽广相半。中有无其字，而独用声口相授。曹好之以为新调者，亦曰"崒歌"。

农者每春时，妇、子以数十计，往田插秧。一老挝大鼓，鼓声一通，群歌竞作，弥日不绝，是曰秧歌。

南雄之俗，岁正月，妇女设茶酒于月下，罩以竹箕，以青帕覆之，以一箸倒插箕上，左右二人捱之作书，问事吉凶，又画花样，谓之"踏月"。姊令未嫁幼女，且拜且唱，箕重时，神即来矣，谓之"踏月歌"。长乐妇女中秋夕拜月，曰"㧾月姑"，其歌曰"月歌"。

蛋人亦喜唱歌，婚夕两舟相合，男歌胜，则牵女衣过舟也。

黎人会集，则使歌郎开场，每唱一句，以两指上下击鼓，听者齐鸣小锣和之。其鼓如两节竹而腰小，涂五色漆，描金作杂花，以带悬系肩上。歌郎毕唱，歌姬乃徐徐唱，击鼓亦如歌郎。其歌大抵言男女之情，以乐神也。

东西两粤皆尚歌，而西粤土司中尤盛。邝露云：侗女于春秋时布花果、笙箫于山中，以五丝作同心结及百纽鸳鸯囊带之。以其少好者结为天姬队——天姬者，侗官之女也。——余则三五采芳于山椒、水湄，歌唱为乐。男子相与踏歌赴之，相得则唱酬终日，解衣结襟带相遗以去。春歌正月初一、三月初三，秋歌八月十五。

其三月之歌曰"浪花歌"。〔按此段见《赤雅》卷上《浪花歌》，文稍异。〕

赵龙文云：瑶俗最尚歌，男女杂遝，一唱百和。其歌与民歌皆七言而不用韵，或三句，或十余句，专以比、兴为重，而布格命意有迥出民歌之外者。如云：

（按：原著曾引《黄蜂细小螫人痛》、《行路思娘留半路》、《与娘同行江边路》三首歌谣，已见前《池北偶谈》卷十六，此处不重出，仅录有关民歌的风俗习惯等资料。）

瑶语不能尽晓，为笺译之如此。

修和云：郎之俗，幼即习歌，男女皆倚歌自配。女及笄，纵之山野，少年从者且数十，以次而歌，视女歌意所答，而一人留。彼此相遗：男遗女以一扁担，上镌歌词数首，字若蝇头，间以金彩花鸟，沐以漆精使不落；女赠男以锈囊锦带，约为夫妇，乃倩媒以苏木染槟榔定之。婚之日，歌声振于林木矣。其歌每写于扁担上。郎扁担以榕为之，又以五彩龄作方段，龄处文如鼎彝，歌与花鸟相间，或两头画龙。

瑶则以布刀写歌。布刀者，织具也。瑶人不用高机，无箸、无枝，以布刀兼之。刀用山木，形如刀，长于布之阔，锐其两端，背厚而椭，如弓之弧，刃如弦而薄。剞其背之腹以纳纬，而怨其锐而吐之以当梭；纬既吐，则两手攀其两端以当箸也。歌每书于刀上，间以五彩花卉，明漆沐之，以赠所欢。

僮歌与郎颇相类，可长可短，或织歌于巾以赠男，或书歌于扇以赠女。其歌亦有《竹枝》。舞则以被覆首，为桃叶舞，有咏者云："桃叶无成莺睆睨，《竹枝歌》就燕呢喃。"

（按：《广东新语》后来成为禁书，乾隆时李调元辑《南越笔记》，多采

《新语》入录,这一条也收在《南越笔记》卷一,题《粤俗好歌》,文字全同,不另录。)

【清曾七如《小豆棚》卷八《阿嫱》】(粤歌二首)

二月南风莫怕寒,阿嫂行上望夫山!云横云断浈江水,情郎贩米下梧关。

芭蕉取丝不呷果,丝丝织作千孔罗,落尽木棉花如锦,一身谷薄好郎摸。

【清周寿昌《思益堂日札》卷二《土谚》】……又山歌云:

大船行来一条龙,小船赶来一阵风,劝他扯篷莫扯满,遇了狂风难落篷。

可为骄盈者戒。此两谣〔按:前引两则是谚语〕一歌出吾乡〔长沙〕,不见他有记载,故识之。

【又卷四《诗隐语》】(首引古乐府、《峒溪志》、《两般秋雨盦随笔》,略去。)吾乡〔长沙〕土歌有采茶歌、山歌两种。
采茶歌云:

姊妹过江去采茶,江流尽处是郎家;莫到江心起波浪,浪花虽好只空花。

又:

南山烧火北山烟,那是窑烟,哎!那是窑烟。青石磨刀不用水,那是清泉,哎!那是清泉。

山歌云:

好马不吃回头草,好客不饮路旁茶,蜜蜂子不采罢园花(罢,犹落也,言园中花之将落者也)。

又云:

十里长亭赶送郎,郎去求名到他乡,郎送姐的金星戥(即等子也,俗书作戬),姐送郎的好茴香(即花椒之类,俗作苘香)。

又云:

家花不及野花香,野花不比家花长;养花莫靠秋露水,露水虽湿不成霜。

又云:

不曾见灯花会结果,不曾见铁树会开花;好马不受两鞍辔,好船不用两桨划,好女不吃两家茶。

隐语双关,古心艳语,宛然汉魏遗音。聊志一二,以存土风。

【清郭柏苍《竹间十日话》卷五】

　　月光光,照池塘,骑竹马,过洪塘;洪塘水深不得渡,娘子撑船来接郎。

此福州儿辈曲也,明韩晋之先生载入文集中,谓此古三言诗也。闽无风,此却可当闽风。

【清邹弢《三借庐笔谈》卷十二《山歌》】山歌不知起于何时,乡老皆谓张良所作。然垓下楚歌,乃留侯以计散楚兵者,今即以张良为山歌之祖,亦齐东附会之词耳。虽然,樵牧讴吟,亦有至理。如:

　　春风三月暖洋洋,杨花落地笋芽长;记得去年同郎别,青草河边泪夕阳。

又云:

　　郎捉篙儿姐放船,两人结就好姻缘,生来识得风浪恶,不怕江湖行路难。

颇有古乐府意。

【清黄遵宪《人境庐诗草》卷一《山歌》】土俗〔嘉应〕好为歌,男女赠答,颇有《子夜》《读曲》遗意,采其能笔于书者得数首:

　　(一)自煮莲羹切藕丝,待郎归来慰郎饥。为贪别处双双箸,只怕心中忘却匙。

（二）人人要结后生缘，侬只今生结目前；一十二时不离别，郎行郎坐总随肩。

（三）买梨莫买蜂咬梨，心中有病没人知。因为分梨故亲切，谁知亲切转伤离。

（四）送人出门鸡乱啼，送人离别水东西。挽水西流不容易，从今不养五更鸡。

（五）邻家带得书信归，书中何字侬不知；等侬亲口问渠去，问他比侬谁瘦肥。

（六）一家女儿作新娘，十家女儿看镜光。街头铜鼓声声打，打着中心只说郎。

（七）嫁郎已嫁十三年，今日梳头侬自怜。记得初来同食乳，同在阿婆怀里眠。

（八）自剪青丝打作条，亲手送郎将纸包。如果郎心止不住，看侬结发不开交。

（九）第一香橼第二莲，第三槟榔个个圆，第四夫容五枣子，送郎都要得郎怜。

（以上九首见通行本）

（一〇）阿嫂笑郎学精灵，阿姊笑侬假至诚（"至诚"后改为"惺惺"）。笑时定要和郎赌（原误为"睹"），谁不脸红谁算赢。

（一一）做月要做十五月，做春要做四时春，做雨要做连绵雨，做人莫做无情人。

（以上二首见手稿本，通行本无。）

（一二）送郎送到牛角山，望郎不见侬自还。今朝重到山头望，恨他牛角弯复弯。

（按：第二句以下后改为："隔山不见侬自还，今朝行过记侬恨，牛角依然弯复弯。"又钞本"自还"作"始还"，"弯复弯"作"弯又弯"。）

（一三）见郎消瘦可人怜，劝郎莫贪欢喜缘。花房蝴蝶抱花睡，看他（后改"可能"）安睡到明年？

（按：末句"看他"，钞本作"如何"。）

（一四）人人曾做少年来，记得郎心那一时。今日郎年不翻少，却夸年少好花枝。

（按：末句"年少"，钞本作"新样"。）

（一五）人道风吹花落地，侬要风吹花上枝；亲将黄蜡粘花去，到老终无花落时。

（以上四首见手稿本及钞本，通行本无。）

〔附〕上辑整理补充说明：

（一）《峒溪织志志余》中把《思想妹》《妹相思》《谁说高山不种田》《娘在一岸也无还》《妹同庚》《妹珍珠》《妹娇蛾》《妹金龙》《妹相思》等民歌误

作苗歌。《坚瓠八集》卷四《溪侗歌谣》本《志余》转录《妹相思》二首,亦误作苗歌。

(二)《静志居诗话》卷二十四以《一树石榴全着雨》《灯心点着两头火》《采莲去时江水深》(即《中间日出四边雨》)《岁晚天寒郎不回》《老龙山下有狂风》等五首列为"坐歌堂"的歌,这五首在《新语》中是屈氏所说的短调踏歌,由于朱氏摘录时未看清原文,因而张冠李戴了。

(三)《滇系·杂载》所录《思想妹》《妹相思》《谁说高山不种田》《姐在一岸也无远》《妹同庚》《妹珍珠》《妹娇娥》《妹金龙》《妹相思》等九首山歌,都是广西民歌,大约从广西传入云南,故《滇系》载之。

下辑

【元明无名氏《钟离春智勇定齐》杂剧第二折】

〔诗(?)曰〕:采桑忙来采桑忙,朝朝日日串桑行。织下绫罗和疋段,未知那个着衣裳!

【元无名氏《苏武牧羊记》第三出《过堤》】(清乾隆钞本)

〔《回回曲》〕天上的娑婆什么人栽?九曲的黄河什么人开?什么人把住三关口呀?什么人和和北番的来?
〔前腔〕天上的娑婆李太白栽,九曲的黄河老龙王开。杨六郎把住三关口呀,王昭君和和北番的来。

（按：这两首题《回回曲》，但它的来源当是民间的一问一答的对山歌。这又见后来吹腔戏《小放牛》。）

【又第十八出《望乡》】

〔《回回歌》〕高高山上一庙堂，姑嫂两个去烧香：嫂子烧香求男女，小姑烧香早招郎，早招郎。

（按：这首也是原为山歌。又见《缀白裘》初集卷二。）

【清周祥钰等辑《九宫大成南北词宫谱》卷六十三引《牧羊记》】

〔《回回舞》〕教场里打鼓摸黄旗，好人好马出征西；好马撇不下槽头料，好男儿撇不下脚头妻。

（按：这首也是山歌。它不见于钞本《苏武牧羊记》。）
（附识：《苏武牧羊记》虽是元代人著的南戏，但它经过明、清人的加工和修改，不一定还是原样，山歌也不一定就是元代人民的口头创作。这儿只是就戏曲著作时代排列于此。）

【明邱濬或华山居士《投笔记》第十出《远征西域》】（魏浣初评本）

〔山歌〕手把征衣自剪裁，寄郎直到望乡台；望乡台上相思处，十月天寒无雁来。

【明沈采《韩信千金记》第四十折】

种田道业不为低,年年弗脱弄黄泥。常记得去年稻场头上满口痛,只因为贪嘴吃子团圆落子皮。

(又见《缀白裘》三集卷一)
【明沈采《裴度香山还带记》第九出《裴度还带》】

〔山歌〕巡更夫子最难当,满身露水一头霜。别人家公婆两个呼呼困,困了三四忽也弗知,巡更夫子未得上眠床!

【明徐霖(?)《绣襦记》第二十出《生拆鸳鸯》】

〔山歌〕我做船家爱清奇,满船常挂月明归。今日装了大姐在仓里坐,好像范蠡载西施。

【明无名氏重编《精忠记》第九出《临湖》】

大小孤山列两边,南北高峰透半天。前头就是大佛寺,后头就是小吴山。

(按:这出有短歌二首,"本事山歌"一首,只录一首。这三首用礼重编《岳飞破虏东窗记》第十折中未收。)
【明许潮《武陵春》杂剧(一折)】

〔茶歌声〕溪上桃花夹岸开,溪中流水绕花来。两边花照东流水,好似佳人对镜台。

〔同上〕溪水清清桃正浓,桃花溪水两争雄。桃须让水三分绿,水却输桃一段红。

(按:《茶歌声》或是《采茶歌》。这两首可能是经过加工的。另两首不录。)

【明陆采《明珠记》第三十五出《饮药》】

高山头上一枝梅,含花蕊儿不会开;一朝西风来吹倒,可惜妖娆化作灰。

【明郑若庸《王商忠节癸灵庙玉玦记》第十二折】

〔吴歌儿〕南高峰相对北高峰,十里荷花九里红。水面金银无尽数,不如湖上做梢公!

〔又〕湖上花船日日来,黄金散尽不会回;多少人家倾废去,只有梢公不走开!

【明张凤翼《花将军虎符记》第九折】

〔山歌〕我劝世人没要横撑船,眼前隔板是黄泉;没道是一帆风得使只管使,也要思量去时容易转头难。

【明屠隆《修文记》第三十四出《除妖》】

〔山歌〕若嫌笑时那敢笑,若怪嗔时便勿嗔。爱郎不为人标致,爱郎只为性温存。

【明梅鼎祚《玉合记》第三十五出《投合》】

〔吴歌〕情郎好像驾车个牛,东山头奔子去西山头;说喊你千万弗要吃车前草,直落得个眼泪一似小水流。

【明孙柚《琴心记》第二十三出《空闺永叹》】

月子虽明光未圆,几家忧闷几家欢?好像高灯台点火偏弗照,则我夹被牵绵苦则单!荷叶团圞秋里亮,亮月团圞云里埋,镜子团圞奴房里照,梅子团圞心里歪。

【明徐复祚《投梭记》第十四出《出关》】

〔歌〕桃叶渡头桃花红,桃花红时桃源洞。
可惜一夜无情个催花雨,只见一片西飞一片东。
〔吴歌〕江东门,江东门,江东江水忒多情;
自从大姑、小姑跟则个彭郎去,至今流泪弗曾停。

【明周履靖《锦笺记》第二出《游杭》】

〔吴歌〕村村歌吹奏春声,浪静风和月以介明。百里水程连夜走,山灵应笑介殷勤。

【明高濂《玉簪记》第二十三出《秋江哭别》】（继志斋刊本）

　　风打船头雨欲来,漫天雪浪那行〔哼〕叫我把船开？白云阵阵催黄叶,惟有江上芙蓉独自开。

　　漫天风舞叶声干,远浦林疏日影寒。个些江声是南来北往流不尽个相思泪,只为那别时容易见时难！

（按：第一首原作"歌嘲"（似为嘲歌之倒）,第二首作"梢歌"。《六十种曲》本及《缀白裘》二首均题吴歌）。

【明单本《五闹焦帕记》第八出《采真》】

　　〔吴歌〕我里今夜小阿姐好像莺莺出烧香,身边有我里介一个小红娘,若再有介会跳墙个张生来宇相,大家里昆腔、昆板做介一只北《西厢》。

【又第二十三出《叩仙》】

　　〔吴歌〕张家里蜜蜂飞过李家墙,飞来飞去只为介点野花香；自家园里鲜滴滴牡丹、芍药倒偏弗采也,弗识介样蛆虫乃亨介备肚肠！

　　〔吴歌〕江水上一对鸳鸯弗走开,好像梁山伯了祝英台；雌个蛆虫乃亨偏要搭子雄个走也,你逢山逢水也跟子来。

　　〔划船歌〕标致姐姐俊俏哥,一边打鼓一边锣：你打鼓来哄着我,我打锣来引着他。

【又第三十一出《巡警》】

〔山歌〕铁衣着〔只〕怕五更头,五更头霜露冷飕飕;我里个娇滴滴家婆嫌脚冷,正唤做:悔教夫婿觅封侯。

【明沈鲸《鲛绡记》第六出《渡江》】(清顺治七年抄本)

〔山歌〕岁岁捞鱼无本钱,一生一世咪经子几个浪头巅!只落得夫妻两个常相见,高堂大屋弗如我个卖鱼船。

【又第二十三出《擒虏》】

〔山歌〕寒风飒飒雪漫漫,地狱天堂在眼前;锦帐绣衾交颈睡,石头砖枕露天眠。

【郑国轩《刘汉卿白蛇记》第七出《农夫拿蛇》】

〔山歌〕朝也忙来暮也忙,耽饥受难吃风霜;日里耕田并锄地,夜里老婆打到天光。

〔山歌〕上山砍柴刀对刀,河里撑船篙对篙,田里插秧手对手,红罗帐里腰对腰。

〔山歌〕村北村南笑啼啼〔嘻嘻〕,田儿无水怎扶犁?闲时观看洪山口,豆儿苗青麦又齐。

〔山歌〕九夏恹恹日正长,锄田当午至流浆;田广阔时难栽种,那有工夫去乘凉!

【又第三十出《汉贵遇兄》】

〔山歌〕筑城池,筑城池,可怜黎庶受孤悽!东村筑死张家子,西村囚杀李家妻;场中多少饥寒死,墙边尽是哭啼啼!(宁为太平狗,莫作产〔暴〕秦人!)妻子望得肝肠断,想起家中转痛悲,想起家中转痛悲,几时能够转回归!几时能够转回归!

〔山歌〕筑城墙,筑城墙,可怜黎庶受灾殃!家下撇下妻和子,堂上别了老爹娘;也有夫死城墙里,也有妻子没长江。受苦如山无数处,可怜筑死范杞梁!杞良有个贤妻子,可怜千里送衣裳,寻夫不见墙哭倒,谁人怜念范杞良!谁人怜念范杞良!几时能够转回乡!几时能够转回乡!

【明秋郊子《飞丸记》第十四出《故旧存身》】

日向西流水向东,无拘无束只有我个卖渔翁,小舟一叶轻来往,晨昏使尽了一江风。

【明庚生子《歌风记·困羽》出】(录自《怡春锦》卷四)

自古英雄几个得到头?相持鹬蚌战蜗牛。劝君莫学扛鼎、拔山使尽子个力,弗到乌江也弗肯休!

【明欣欣客(?)《袁文正还魂记》第八出《登程》】

〔山歌〕两个姐儿做一场,商商量量去嫁郎。有郎姐儿肥肥胖胖,没郎姐儿脸上黄。黄昏后,更漏长,风吹铁马响叮当。

【明无名氏《运甓记》第十二出《诸贤渡江》】

〔吴歌〕我劝世人没要学撑船,撑子船来弗得闲。牵板麻绳是我个伙计,簑衣篛帽是我个本钱;早晨头擦辣辣个浓霜说弗得个冷,夜头来湿搭搭个舺艆拿来当席眠;撞着子个虎伤样个埠头扣除得我介尽情了绝意,揽着子个老江湖个主顾算计得我介刻骨样尖酸:残盘汁水也无得落放,来迟去慢有多伙埋冤!我仔细思量着甚来由淘个样兀勃气、来走个样还魂路了?一生一世衣身本分也到底弗连牵。

【明袁于令《西楼记》第十四出《空泊》】

〔山歌〕水面生涯最是难,不遇风来只好看。说甚么"九日滩头坐,一日过九滩"!

【明孟称舜《死里逃生》杂剧第三出】

〔北京西山煤子歌〕行不得哥哥!朝朝夜夜苦奔波:一年三百六十个夜,并无一夜在家中卧。阿呀!天呀!叫一声行不得哥哥,兀的掇赚煞了我!

【清朱雗《十五贯·见都》出】（录自清钱德苍辑《缀白裘》二集卷四）

〔山歌〕星斗无光月弗子个明，夜寒如水欲成冰。人人说道：困没困个冬至子个夜，偏是我里手不停敲到五更！

附录（一）戏曲中歌谣存目

元郑廷玉《楚昭公疏者下船》杂剧第三折嘲歌一首（或为明人所增）

元明无名氏《守贞节孟母三移》杂剧头折牧牛歌四首（四言）

明无名氏《奉天命三保下西洋》杂剧第二折嘲歌一首

明无名氏《感天地群仙朝圣》杂剧第二折农歌（？）一首

元明无名氏《白兔记》（《六十种曲》本）卷下第四出《巡更》山歌二首

同上卷下第二十出〔实为十八出〕《私会》山歌一首（又见《缀白裘》第三集卷三）

明温泉子编集《原本王状元荆钗记》第二十五出山歌一首（屠隆评本及《六十种曲》本的歌词稍有出入）

通行本《荆钗记》第二十六出《投江》山歌一首（见屠隆评本及《六十种曲》本，温泉子本第二十八出未收）

明用礼重编《岳飞破虏东窗记》第二十三折山歌一首（见富春堂刊本，《精忠记》第二十一出《赴难》不收）

明无名氏改编《精忠记》第九出《临湖》歌二首（选录一首），又

长篇"本事山歌"一首(《岳飞破虏东窗记》不收)

  明邱濬(?)《五伦全备忠孝记》第十七出《问民疾苦》山歌六首

  明邱濬或华山居士《投笔记》第十出《远征西域》山歌二首(选录一首)

  明邵璨《五伦传香囊记》第七出《题诗》山歌一首

  明沈采《裴度香山还带记》第九出《裴度还带》山歌二首(选录一首)

  同上第十六出《米送裴宅》山歌一首

  明沈采《韩信千金记》第四十折山歌三首(选录一首)

  明徐霖(?)《绣襦记》第二十出《生拆鸳鸯》山歌五首(选录一首)

  明许潮《武陵春》杂剧(一折)《茶歌声》(《采茶歌》)四首(选录二首)

  明张凤翼《齐世子灌园记》第二十六出《迎立世子》长篇本事山歌一首

  明张凤翼《徐孝克孝义祝发记》第十六折《景行路遇阴兵》吴歌一首

  明张凤翼《花将军虎符记》第九折山歌二首(选录一首)

  明屠隆《修文记》第三十四出《除妖》山歌六首(选录一首)

  明汤显祖《牡丹亭》第三十六出《婚走》歌二首

  明汤显祖《邯郸记》第十三出《望幸》歌三首

  明沈璟《双鱼记》第十九出《泣岐》吴歌一首

  明沈璟《一种情》(《坠钗记》又一名)第二出《叙钗》山歌一首(见康熙二十八年内府抄本)

  明沈璟《义侠记》第三十二《挂罗》山歌一首

明汪廷讷《彩舟记》第十五出《藏春》歌一首

明王骥德《韩夫人题红记》第十二出《金宫倦绣》吴歌二首（录一首）

明汪道昆《五湖游》杂剧（一折）渔歌二首

明冯梦龙改订《三会亲风流梦》第二十六折《夫妻合梦》吴歌一首（这是《牡丹亭》第二十六出《婚走》歌二首的改作）

明许自昌改订本《水浒记》第十四出《剽劫》吴歌二首

明周朝俊《红梅记》第七出《瞥见》歌三首（无名氏改本《丹桂记》同）

明周履靖《锦笺记》第二出《游杭》吴歌二首（选录一首）

同上第十二出《醉春》记西湖游赏的长篇山歌一首

明高濂《节孝记》卷之上《赋归记》第八出《挂官弃职》歌一首

明王錂《春芜记》第十五出《阻遇》山歌一首

明沈鲸《鲛绡记》第六出《渡江》山歌三首（选录一首）（见清顺治七年抄本）

明朱期《奇遇玉丸记》第二十四出《归赴三山》长篇本事山歌二首

明杨之炯《蓝桥玉杵记》第二十三出《倚棹酬吟》吴歌一首

明杨之炯《天台奇遇》杂剧（一折）吴歌一首

明梅鼎祚《玉合记》第三十五出《投合》吴歌二首（选录一首）

明汪廷讷《狮吼记》第十五出《赤壁》歌一首

明张四维《双烈记》第二十九出《计定》山歌一首（陈与郊改本《麒麟罽》第二十四出《命子设伏》不收）

同上第四十二出《行游》山歌一首（改本《麒麟罽》第四十三出《西湖赏雪》不收）

明陆华甫《双凤齐鸣记》第十五折山歌二首

明苏汉英《吕真人黄粱梦境记》第十出《仇隙》吴歌一首

明童养中(?)《胭脂记》第三十一出伏虎《晋瞽歌》一首

明董应翰(?)《易鞋记》第五出《归隐》歌二首

明心一山人《何文秀玉钗记》第三十六出山歌一首

明欣欣客(?)《袁文正还魂记》第八出《登程》山歌四首(选录一首)

明秦淮墨客(纪振伦)校正《西湖记》第七出《西湖邂逅》长篇山歌一首

明寰宇显圣公《孔夫子周游列国麒麟记》第三十三出《子路问津》歌二首

明无名氏《鸣凤记》第八出《仙游祈梦》山歌一首,歌头曲尾一首

明无名氏《四贤记》第十四出《致归》山歌一首

明无名氏《运甓记》第十三出《牛眠指穴》长篇山歌一首

明无名氏《韩湘子九度文公升仙记》第二十五折山歌二首

明无名氏《薛平辽金貂记》第三十二折《饮社佯疯》山歌四首

明无名氏《三顾草庐记》第四十五折山歌一首

清无名氏《铁冠图·探营》出(《缀白裘》七集卷四)山歌一首

清蒋士铨《一片石》杂剧第二出《访墓》秧歌六首

清蒋士铨《采樵图》杂剧第四出《听歌》秧歌二首(即《一片石》所收第三、第五两首,但稍有异文)

附录（二） 粤风及清人杂记征引浔州歌谣对照表

粤风	清人杂记《池北偶谈》卷十六《渔洋诗话》卷下	《峒溪纤志·志余》	《广东新语》卷十二	《静志居诗话》卷二十四	《坚瓠八集》卷四	《雪中人》第十三出	《两般秋雨盦随笔》卷六	《滇系》十二之一
（一）民歌 (1)思想妹	民歌 (2)思想妹（《渔》末二句）	（一）苗歌（误） (1)思想妹				(1)思想妹		(1)思想妹
(2)妹相思	(1)妹相思（《渔》无）	(2)妹相思	(4)妹相思	(1)妹相思	(1)妹相思	(2)妹相思	(3)妹相思	(2)妹相思
(8)谁说高山不种田		(3)谁说高山不种田				(3)谁说山高不种田		(3)谁说高山不种田
(9)娘在一岸也无远	(3)娘在一岸也无远（《渔》末二句）	(4)娘在一岸也无远				(4)娘在一岸也无远		(4)姐在一岸也无远
(13)妹同庚		(5)妹同庚				(5)妹同庚		(5)妹同庚

续表

清人杂记粤风	《池北偶谈》卷十六《渔洋诗话》卷下	《峒溪纤志·志余》	《广东新语》卷十二	《静志居诗话》卷二十四	《坚瓠八集》卷四	《雪中人》第十三出	《两般秋雨盦随笔》卷六	《滇系》十二之一
(17)妹珍珠		(6)妹珍珠				(10)妹珍珠		(6)妹珍珠
(18)妹䶈娥	(4)妹䶈娥（《渔》末二句）	(7)妹䶈娥				(8)妹䶈娥		(7)妹䶈娥
(19)妹金龙		(8)妹金龙				(7)妹金龙		(8)妹金龙
(20)嫩鸭行游塘棚上	(5)嫩鸭行游塘棚上（《渔》末二句）		(5)天旱蜘蛛结夜网（二句）				(4)天旱蜘蛛结夜网（二句）	
(28)妹相思	(6)妹相思（《渔》末二句）	(9)妹相思	(6)蜘蛛结网三江口（二句）		(2)妹相思	(9)妹相思		(9)妹相思

续表

清人杂记/粤风	《池北偶谈》卷十六《渔洋诗话》卷下	《峒溪纤志》《志余》	《广东新语》卷十二	《静志居诗话》卷二十四	《坚瓠八集》卷四	《雪中人》第十三出	《两般秋雨盦随笔》卷六	《滇系》十二之一
(31)科举秀才取红豆 (41)怅无唱	(7)科举秀才取红豆(《渔》同)							
(二)蛋歌 (1)错畔行行过苏兴巷	蛋歌 (19)错畔行行过苏兴巷(《渔》同)	(五)蛋歌 (16)错畔行行过苏兴巷	(7)妹相思(首句不同)	(2)妹相思(首句不同)			(5)妹相思(首句不同)	
(2)蛋船起离三江口	(2)蛋船起离三江口(《渔》无)							

续表

清人杂记	《池北偶谈》卷十六《渔洋诗话》卷下	《峒溪纤志》《志余》	《广东新语》卷十二	《静志居诗话》卷二十四	《坚瓠八集》卷四	《雪中人》第十三出	《两般秋雨盦随笔》卷六	《滇系》十二之一
粤风								
(3)鹿在高山吃嫩草	(21)鹿在高山吃嫩草(《渔》无)							
(三)瑶歌		(二)瑶歌	瑶歌					
(1)石头大		(10)石头大						
(5)思娘猛	(8)思娘猛(《渔》无)	(11)思娘猛	(21)行路思娘留半路(二句)			(6)思娘猛	(13)行路思娘留半路(二句)	
(6)白马儿	(9)白马儿(《渔》无)							

续表

粤风	清人杂记《池北偶谈》卷十六《渔洋诗话》卷下	《峒溪纤志》《志余》	《广东新语》卷十二	《静志居诗话》卷二十四	《坚瓠八集》卷四	《雪中人》第十三出	《两般秋雨盦随笔》卷六	《滇系》十二之一
(12) 邓娘同行江边路	(10) 邓娘同行江边路（《渔》无）		(22) 与娘同行江边路				(14) 与娘同行江边路	
(19) 要娘记		(12) 要娘记						
(20) 三表读书治天地	(11) 黄峰细小鳌人痛（缺首二句,《渔》同）		(20) 黄蜂细小鳌人痛（二句）				(12) 黄蜂细小鳌人痛（二句）	
瑶人布刀歌意着尔		(八) 布刀歌 (19) 意着尔						

续表

粤风	清人杂记《池北偶谈》卷十六《渔洋诗话》卷下	《峒溪纤志》《志余》	《广东新语》卷十二	《静志居诗话》卷二十四	《坚瓠八集》卷四	《雪中人》第十三出	《两般秋雨盦随笔》卷六	《滇系》十二之一
(一)郎歌	(《渔洋诗话》无以下诸首)	(三)郎歌						
(3)良尔留相遇		(13)良尔留相遇						
(4)良尔留度立		(14)良尔留度立						
(5)六吞六	(12)六吞六(一、二、五、六句)							
(9)十六管国六	(13)望东西南北(末二句)							

续表

粤风\清人杂记	《池北偶谈》卷十六《渔洋诗话》卷下	《峒溪纤志》《峒溪诗志余》	《广东新语》卷十二	《静志居诗话》卷二十四	《坚瓠八集》卷四	《雪中人》第十三出	《两般秋雨盦随笔》卷六	《滇系》十二之一
(12) 姝知弟不知便好使（五、六句）	旧钱							
(13) 皮论力巡苦	望北斗起生（五、六句）							
(18) 贯住苟双盂	各想心各愁（五、六句）							
(20) 扶沉苟笼梯	条条腊真力（五、六、七八句）							

续表

粤风	清人杂记《池北偶谈》卷十六《渔洋诗话》卷下	《峒溪纤志》《志余》	《广东新语》卷十二	《静志居诗话》卷二十四	《坚瓠八集》卷四	《雪中人》第十三出	《两般秋雨盦随笔》卷六	《滇系》十一之一
郎人扇歌	郎人扇歌	（六）郎歌扇						
（23）皮送柯坡扇		（17）皮送柯坡扇						
（26）便住齐滕皮	（22）比方两千金（五、六句）							
（27）便方齐滕皮	（23）比火帝龙师（五、六句）							
郎人担歌		（七）郎人担歌						
（29）送条闲肺榙		（18）送条闲肺榙						

续表

粤风	《池北偶谈》卷十六《渔洋诗话》卷下	《峒溪纤志》《峒溪志余》	《广东新语》卷十二	《静志居诗话》卷二十四	《坚瓠八集》卷四	《雪中人》第十三出	《两般秋雨盦随笔》卷六	《滇系》十二之一
（四）僮歌		（四）僮歌						
（1）口三六四里	（18）口三六四里							
（8）流幼扶放城		（15）流幼扶放城						

〔说明〕（一）吴淇《粤风续九》今未见，以李元调《粤风》为根据。

（二）民歌指浔州民歌。

（三）各书标题或有或无，易引起误会，一律改用首句。

（四）阿拉伯字码表示原书中的次序。

附录（三）其他相同歌谣索引

一更鸡啼鸡拍翼（二首）892页《广东新语》卷十二，按语引《两般秋雨盦随笔》卷六。

一树石榴全着雨（摘句三首）890页《广东新语》卷十二，按语引《静志居诗话》卷二十四，《两般秋雨盦随笔》卷六。

二月采茶茶发芽（二首）876页《岭南杂记》卷上，按语引《广东新语》卷十二。

九里山前作战场（二首）868页《水浒传》第四回，按语引《虎囊弹山门》出。

三月采茶是清明（二首）876页《岭南杂记》卷上，按语引《广东新语》卷十二。

大头竹笋作三桠（二首）892页《广东新语》卷十二，按语引《两般秋雨盦随笔》卷六。

中间日出四边雨（全歌一首，摘句二首）890页《广东新语》卷十二摘句，按语引《静志居诗话》全首、《两般秋雨盦随笔》摘句。

月子弯弯照几州（或作"照九州"）（全歌十首，摘句一首）866页《云麓漫钞》卷九摘句，后附表引举话本《冯玉梅团圆》、《水东日记》卷五、《黄妳余话》卷八、《坚瓠二集》卷三、《艺苑卮言》卷六、《泾林续记》、《西湖游览志余》卷二十五、《西游补》第十二回、《旗亭记》传奇第三十六出等十种，皆全句。

打破筒（一首）863页《能改斋漫录》卷十二，按语引《清波别志》卷上。

四月采茶茶叶黄（二首）876页《岭南杂记》卷上，按语引《广东新语》卷十二。

老龙山下有狂风（三首）874页《徐氏笔精》卷五，按语引《列朝诗集》闰集六，《静志居诗话》卷二十四。

赤日炎炎似火烧（二首）869页《水浒传》第十六回，按语引《坚瓠二集》卷三。

你在东时我在西（二首）869页《水浒传》第六回，按语引《坚瓠十集》卷三。

官人骑马到林池（二首）892页《广东新语》卷十二，按语引《两般秋雨盦随笔》卷六。

南山脚下一缸油（三首）871页《菽园杂记》卷一，按语引《坚瓠三集》卷二、《两般秋雨盦随笔》卷四。

南山头上鹁鸪啼（或作"高山顶上"）（四首）871页《水东日记》卷五，按语引《黄妳余话》卷八、《坚瓠二集》卷三、《西湖游览志余》卷二十五。

约郎约到月上时（或作"与郎相期月上来"）（六首）872页《公余日录》，按语引《艺苑卮言》卷六、《西湖游览志余》卷二十、《坚瓠十集》卷三、《竹间十日话》卷五、《旗亭记》传奇第三十六出。

柚子批皮瓤有心（二首）892页《广东新语》卷十二，按语引《两般秋雨盦随笔》卷六。

郑郎八月到扬州（二首）873页《西湖游览志余》卷二十五，按语引《坚瓠十集》卷三。

素馨棚下梳横髻（二首）891页《广东新语》卷十二，按语引《两般秋雨盦随笔》卷六。

做天莫做四月天（或作"难做"）（二首）875页《醒世恒言》第

十八卷,按语引《吴喻百绝》。

莫采广宁圆岭笋(摘句二首)889页《广东新语》卷四,按语引《两般秋雨盦随笔》卷六。

岁晚天寒郎不回(三首)892页《广东新语》卷十二,按语引《静志居诗话》卷二十四、《两般秋雨盦随笔》卷六。

树头挂网枉求虾(二首)873页《西湖游览志余》卷二十五,按语引《坚瓠十集》卷三。

灯心点着两头火(摘句二首)891页《广东新语》卷十二,按语引《静志居诗话》卷二十四。

双手招郎郎不来(全歌二首,摘句一首)870页《刎颈鸳鸯会》摘句,按语引《警世通言》第三十八卷全首、《吴下谚联》卷三全首。

按:以上除《双手招郎郎不来》一篇因首句不同,篇名采用末句外,其他均以全首或摘句的首句作篇名。

叶德均先生著述编年*

叶德均(1911—1956),江苏淮安人,别名叶子振,笔名子振、德均等。1934年毕业于复旦大学中文系。1944年任教于湖州中学,1949年任教于青年中学,1947年至1948年任教于湖南大学,1948年起任教于云南大学,直至1956年7月去世。① 著有《戏曲论丛》、《宋元明讲唱文学》等。其遗著,曾被赵景深、李平辑编为《戏曲小说丛考》。今据民国年间旧刊及有关资料,作叶德均先生著述编年。

1926年

《我们学英文的目的》(《学生文艺丛刊》,1926年第3卷第1期)

《我之非非想半打》(《学生文艺丛刊》,1926年第3卷第4期)

1928年

《民间文艺的分类》(《文学周报》第5辑,1928年第301—325期)

《歌谣零拾补》(《民俗》第29—30期,1928年10月17日)

《淮安风俗杂掇》(《民俗》第35期,1928年11月21日)

---

* 本编年由赵竹音辑编、赵义山审订。

① 参见赵景深:《戏剧小说丛考序》,叶德均:《戏剧小说丛考》,中华书局1979年版,第1页。

1929 年

《淮安方言录》(《民俗》第 45 期,1929 年 1 月 30 日)

《建筑:淮安风俗杂掇之五》(《民俗》第 56 期,1929 年 4 月 17 日)

《淮安谜语》(《民俗》第 56 期,1929 年 4 月 17 日)

《"烧纸"及往生钱的说明》(《民俗》第 60 期,1929 年 5 月 17 日)

《"小谣儿"说明书:原物流行江苏淮安》(《民俗》第 64 期,1929 年 6 月 12 日)

《淮安歌谣集自序》(《民俗》第 65 期,1929 年 6 月 19 日)

《淮安医学的迷信》(《民俗》第 67 期,1929 年 7 月 3 日)

《淮安动物观》(《民俗》第 71 期,1929 年 7 月 31 日)

《淮安旧俗》(《民俗》第 80 期,1929 年 10 月 2 日)

《关于二郎神的诞日》(《民俗》第 81 期,1929 年 10 月 9 日)

《淮安农谚》(《民俗》第 83 期,1929 年 10 月 23 日)

《淮安地名迷》(《民俗》第 84 期,1929 年 10 月 30 日)

《淮安东岳庙》(《民俗》第 86 期至第 89 期合刊,1929 年 12 月 4 日)

《民俗杂谈》(《民俗》第 90 期,1929 年 12 月 11 日)

《谈谈两部俚曲》(《民俗》第 91 期,1929 年 12 月 18 日)

《民俗杂谈——宁波歌谣》(《民俗》第 91 期,1929 年 12 月 18 日)

《短评:童话论集》(《开明(上海 1928)》,1929 年第 1 卷第 8 期)

《绍兴歌谣》(《文学周报》第 6 辑,1929 年第 326—350 期)

《淮安歌谣集》(国立中山大学语言历史学研究所 1929 年版)

1930 年

《淮安赌的迷信》(《民俗》第 92 期,1930 年 1 月 25 日)

《坊本"谜语"谭:民俗杂谈》(《民俗》第 96—99 期,1930 年 2 月 12 日)

《关于民俗》(《民俗》第 104 期,1930 年 3 月 19 日)

《最近出版的民间故事集》(《现代文学》第 3 期,1930 年 9 月 16 日)

《九头鸟的别名》(《民俗周刊》,1930 年第 38 期)

1931 年

《中国民间文学概说》(《万人月报》,1931 年创刊号)

《格林童话的中译本》(《星期文艺》,1931 年第 7 期)

《作品与作家:〈青海风土记〉(杨希尧著)》(《星期文艺》,1931 年第 17 期)

《淮海歌谣续集(一—二十三)》(《新学生》,1931 年第 1 卷第 4 期)

《文艺赏鉴特集:三对爱人儿(著者:邹枋)》(《读书俱乐部》,1931 年第 9—10 期)

1932 年

《中国民歌千首》(《青年界》,1932 年第 2 卷第 4 期)

《民间故事书目》(《青年界》,1932 年第 2 卷第 5 期)

《淮安的放风筝》(《民间月刊》,1932 年第 2 卷第 1 期)

《淮安的摇会制度》(《社会杂志》,1932 年第 4 卷第 1 期预告①)

---

① 此文与下文《淮安岁时记》,皆见于《社会杂志》第 4 卷第 1 期所载第 2 期预告,第 2 期似未出。

《淮安岁时记》(《社会杂志》1932年第4卷第1期预告)

《李调元故事集》(民间出版社1932年版)

1933年

《山海经中蛇的传说》(《民俗》第116—118期,1933年5月9日)

《淮安迁居习俗》(《民俗》第122期,1933年6月6日)

《山海经中蛇底传说及其他:读山海经随笔》(《文学旬刊》,1933年第1期)

《山海经中蛇底传说及其他(续)》(《文学旬刊》,1933年第2—3期)

《淮安的杂俗》(《民间月刊》,1933年第2卷第5期)

《略论指纹歌》(《民间月刊》,1933年第2卷第9期)

1934年

《清代歌谣的采集(附表)》(《青年界》,1934年第6卷第4期)

《关于八仙传说(附吴红叶赵景深的讨论)》(《青年界》,1934年第5卷第3期)

《鬼车传说考》(《文学期刊》,1934年创刊号)

1935年

《民俗学的意义及其变迁》(《文学期刊》,1935年第2期)

1936年

《〈今古奇闻〉中的"林蕊香"》(《大晚报·火炬通俗文学》周刊第19期,1936年8月5日)

《阿英著〈小说闲谈〉》(《大晚报·火炬通俗文学》周刊第19期,1936年8月5日)

《"鼓子词"杂话》(《大晚报·火炬通俗文学》周刊第24期,

1936年9月11日)

《评〈中国小说史料〉》(《大晚报·火炬通俗文学》周刊第33期,1936年11月11日)

《民俗学之史的发展》(《青年界》,1936年第9卷第4期)

1937 年

《关于"影戏"》(《歌谣》周刊,1937年第3卷第3期)

《明代撒帐歌钞》(《歌谣》周刊,1937年第3卷第7期)

《关于俗曲的流传演变:读俗曲小记》(《歌谣》周刊,1937年第3卷第10期)

《文学:无支祁传说考》(《逸经》,1937年第33期)

《文学:无支祁传说考(续)》(《逸经》,1937年第34期)

《日记特辑:三日间读书琐记》(《青年界》,1937年第12卷第1期)

1938 年

《一年的回忆》(《大风》[香港],1938年第17期)

《从苏北到上海:流亡杂记之二》(《大风》[香港],1938年第23期)

1940 年

《读曲杂记:"转五方"解、挂枝儿和打枣干》(《学术》,1940年第1期)

1941 年

《赵辑本〈天宝遗事〉诸宫调辑佚》(《星岛日报·俗文学》周刊第13期,1941年3月29日)

《关于〈吴骚合编〉和〈吴骚集〉——致赵景深先生书》(《星岛日报·俗文学》周刊第14期,1941年4月5日)

《"词谑"》(1.《词谑》乃李开先作 2.《词谑》所收的杂剧、小曲之类)(《星岛日报·俗文学》周刊第18期,1941年5月3日)

《曲目拾零》(《星岛日报·俗文学》周刊第24期,1941年6月28日)

《〈郑月莲秋夜云窗梦〉杂剧》(《星岛日报·俗文学》周刊第28期,1941年7月26日)

《读〈六十种曲〉杂记》(《星岛日报·俗文学》周刊第34期,1941年9月6日)

《小说考源》(《星岛日报·俗文学》周刊第43期,1941年12月6日)

1942年

《民间故事的前人记述》(《万象》,1942年第5期)

《地志与戏曲家传记》(《戏曲月辑》,1942年第1卷第1期)

《元曲札记》(《戏曲月辑》,1942年第1卷第2期)

1943年

《〈小孙屠〉戏文的作者》(《半月戏剧》,1943年第1期)

《卫道者的小说观》(《万象》,1943年第10期)

《俞万春及其荡寇志》(《小说月报》,1943年第35期)

1944年

《明代的俗曲》(《杂志》,1944年第3期)

《沈三白与石琢堂》(《古今》,1944年第39期)

《再谈沈三白》(《古今》,1944年第40期)

《跋"霜崖曲跋"》(《风雨谈》,1944年第9期)

《读稗杂录:传奇与评话》(《风雨谈》,1944年第10期)

《读稗杂录:明代传奇七种》(《风雨谈》,1944年第10期)

《读稗杂录:李达道和四合香的本事》(《风雨谈》,1944年第10期)

《读稗杂录:关于吴承恩诗》(《风雨谈》,1944年第10期)

《读稗杂录:李桢史料补》(《风雨谈》,1944年第10期)

《读稗杂录:柳敬亭》(《风雨谈》,1944年第10期)

《关于新曲苑》(《风雨谈》,1944年第14期)

《石点头的作者和来源》(《天地》,1944年第6期)

《读书随笔:吴歌》(《天地》,1944年第10期)

《蓼漪室曲话》(《小说月报》,1944年第44期)

1945年

《演长生殿之祸》(《杂志》,1945年第5期)

1946年

《〈醉醒石〉成书年代》(《大晚报·通俗文学》周刊第1期,1946年9月3日)

《鲁迅的中国小说研究》(《大晚报·通俗文学》周刊第2期,1946年9月10日)

《戏曲家王抃》(《大晚报·通俗文学》周刊第3期,1946年9月17日)

《陈子扬的〈忠烈记〉》(《大晚报·通俗文学》周刊第6期,1946年10月8日)

《银字集》(《大晚报·通俗文学》周刊第7期,1946年10月15日)

《小说探源》(《大晚报·通俗文学》周刊第8期,1946年10月22日)

《大鼓旧闻抄》(《大晚报·通俗文学》周刊第11期,1946年11

月12日)

《织花吟客的〈诗帕记〉》(《大晚报·通俗文学》周刊第15期,1946年12月10日)

《俗曲史料抄》(《大晚报·通俗文学》周刊第18期,1946年12月31日)

《〈六十种曲〉中的山歌》(《大晚报·通俗文学》周刊第18期,1946年12月31日)

《元代俗曲》(《中央日报·俗文学》周刊第1期,1946年10月11日)

《郑澹若与周颖芳——弹词女作家小记》(《中央日报·俗文学》周刊第1期,1946年10月11日)

《陈端生的世系——弹词女作家小记》(《中央日报·俗文学》周刊第3期,1946年10月24日)

《〈西游记〉研究的新资料》(《中央日报·俗文学》周刊第5期,1946年11月14日)

《〈秋夜月〉中罕见剧名》(《中央日报·俗文学》周刊第7期,1946年11月28日)

《邱心如的生平——弹词女作家小记》(《中央日报·俗文学》周刊第8期,1946年12月5日)

《续剧说》(《中央日报·俗文学》周刊第10期,1946年12月19日)

《〈聊斋志异〉集外遗文考》(《永安月刊》,1946第89期)

1947年

《瞿佑馀的清曲谱》(《大晚报·通俗文学》周刊第20期,1947年1月14日)

《关于浦琳》(《大晚报·通俗文学》周刊第 21 期,1947 年 1 月 21 日)

《曲目小识——〈鹍奔亭素娥自诉〉》(《中央日报·俗文学》周刊第 15 期,1947 年 2 月 13 日)

《说"砌"》(《中央日报·俗文学》周刊第 16 期,1947 年 2 月 21 日)

《〈墨憨斋词谱〉辑》(《大晚报·通俗文学》周刊第 26 期,1947 年 4 月 21 日)

《〈西厢记〉五剧注》(《文潮月刊》,1947 年第 3 卷第 1 期)

《三言二拍来源小补》(《文潮月刊》,1947 年第 3 卷第 4 期)

《推荐青年可读的书特集:关于"青年可读的书"》(《青年界》,1947 年新 3 第 1 期)

《〈绣襦记〉薛作说质疑》(《中央日报·俗文学》周刊第 28 期,1947 年 5 月 16 日)

《瞿佑史料辑》(《大晚报·通俗文学》周刊第 29 期,1947 年 5 月 19 日)

《读明代传奇文七种》(《中央日报·俗文学》周刊第 30 期,1947 年 5 月 30 日)

《〈聊斋志异〉的来源和影响》(《中央日报·俗文学》周刊第 32 期,1947 年 6 月 13 日)

《"十二时"》(《大晚报·通俗文学》周刊第 33 期,1947 年 6 月 16 日)

《〈琴心雅调〉的作者》(《大晚报·通俗文学》周刊第 37 期,1947 年 7 月 14 日)

《凌濛初事迹系年(一)》(《华北日报·俗文学》周刊第 4 期,

1947年7月25日）

《凌濛初事迹系年（二）》（《华北日报·俗文学》周刊第5期，1947年8月1日）

《凌濛初事迹系年（三）》（《华北日报·俗文学》周刊第6期，1947年8月8日）

《凌濛初事迹系年（四）》（《华北日报·俗文学》周刊第7期，1947年8月15日）

《凌濛初事迹系年（五）》（《华北日报·俗文学》周刊第9期，1947年8月29日）

《曲家黄钧宰》（《大晚报·通俗文学》周刊第43期，1947年8月25日）

《〈翻西厢〉乃沈谦作》（《大晚报·通俗文学》周刊第57期，1947年12月8日）

《〈金仁杰东窗事犯〉非小说》（《华北日报·俗文学》周刊第19期，1947年11月7日）

《唐代胡商与珠宝》（《辅仁学志》,15卷1、2合刊，1947年、12月）

《说词话》（《东方杂志》,1947年第4期）

《十年来中国戏曲小说的发现》（《东方杂志》,1947年第7期）

《戏曲论丛》（日新出版社1947年版）

1948年

《明代俗曲序论》（《大晚报·通俗文学》周刊第63期，1948年1月19日）

《明宣弘间的俗曲》（《大晚报·通俗文学》周刊第64期，1948年1月26日）

《〈玉壶春〉——元剧杂识》(《中央日报·俗文学》周刊第52期,1948年1月30日)

《黄丸儿——院本旁证》(《华北日报·俗文学》周刊第31期,1948年1月30日)

《明嘉靖间的俗曲》(《大晚报·通俗文学》周刊第65期,1948年2月2日)

《明隆庆前后的俗曲》(《大晚报·通俗文学》周刊第66期,1948年2月9日)

《明万历间的俗曲》(《大晚报·通俗文学》周刊第67期,1948年2月16日)

《"赵老送登台"》(《中央日报·俗文学》周刊第55期,1948年2月20日)

《明末的俗曲》(《大晚报·通俗文学》周刊第66期,1948年2月23日)

《〈古今小说〉探源二则》(《中央日报·俗文学》周刊第60期,1948年3月23日)

《〈雷泽遇仙记〉的来源》(《中央日报·俗文学》周刊第61期,1948年4月2日)

《〈李秀卿义结黄贞女〉——〈古今小说〉探源》(《中央日报·俗文学》周刊第62期,1948年4月9日)

《跋〈山人歌〉》(《中央日报·俗文学》周刊第64期,1948年4月23日)

《龙膺散曲》(《中央日报·俗文学》周刊第67期,1948年5月28日)

《〈灰骨匣〉——〈醉翁谈录〉话本小说名目小考》(《华北日

报·俗文学》周刊第 48 期,1948 年 5 月 28 日)

《康熙刻本〈南音三籁〉》(《中央日报·俗文学》周刊第 69 期,1948 年 6 月 8 日)

《龙膺——湖南曲家考略》(《中央日报·俗文学》周刊第 70 期,1948 年 6 月 18 日)

《释"常卖"》(《华北日报·俗文学》周刊第 54 期,1948 年 7 月 9 日)

《〈吴下谚联〉》(《大晚报·通俗文学》周刊第 91 期,1948 年 8 月 2 日)

《李达道——〈醉翁谈录〉话本名目小考》(《华北日报·俗文学》周刊第 67 期,1948 年 10 月 8 日)

《〈聊斋志异〉集外遗文考》(《文史杂志》[俗文学专号]第 6 卷第 1 期,1948 年 3 月 1 日)

1949 年

《彭泽散曲》(《中央日报·俗文学》周刊第 89 期,1949 年 1 月)

《白朴年谱》(载《戏曲小说丛考》,文末署:"一九四九年五月二十五日毕")

《后土夫人变考》(载《戏曲小说丛考》,文末署:"三十八年六月十三日")

《元代曲家同姓名考》(载《戏剧小说丛刊》,文前小序署:"一九四九,七,三十日")

1952 年

《曲品考》

《曲目钩沉录》(以上二文载《戏曲小说丛考》。按:叶氏有《祁氏剧品曲品补校》一文,文末后记署:"一九五五,七,卅一日",声称《祁氏剧品曲品补校》一文"是继《曲品考》、《曲目钩沉录》之后又一次整理部分曲目的试探性工作",又称1953年知道祁彪佳《曲品》发现消息,而《曲品考》、《曲目钩沉录》两文中皆未提及祁彪佳之《曲品》,故此二文应作于1953年之前)

1953 年

《宋元明讲唱文学》(上杂出版社1953年版)

1955 年

《歌谣资料汇录》(载《戏曲小说丛考》,其《引言》文末署:"一九五五年,六月,三十日")

《祁氏剧品曲品补校》(载《戏曲小说丛考》,文末署:"一九五五,七,卅一日")

1957 年

《评〈远山堂曲品校录〉》(《戏剧论丛》,1957年第3辑)

叶德均的《宋元明讲唱文学》及其他

赵义山

一

叶德均先生是20世纪上半叶十分勤奋的学者,他的学术生涯虽然只有二十多年,但他在中国通俗文学研究中留下的丰硕成果,赢得了学界永久的怀念,其持久的学术影响力是穿越时空的。叶德均的学术研究,几乎涉及通俗文学的全部领域,诸如小说、戏剧、说唱、民歌等等,而且在这所有的领域内,都取得了相当突出的成绩,都有他自己的建树。正因为如此,他的宋元明讲唱文学研究,就不是孤立进行的,而是在一个全域的和通观的视野下展开的。他的《宋元明讲唱文学》,也便是在这样一个全域和通观视野下撰成的我国第一部系统研究宋元明讲唱文学的专著。

正是从这样一个全域的和通观的视野出发,叶德均所面对的宋元明讲唱文学的品类便十分庞杂和纷繁,如该书所涉及的唱赚、鼓子词、说唱诸宫调、涯词、小说、陶真、词话、货郎儿、莲花落、弹词、道情等。面对如此纷繁的讲唱文学品类,叶德均所做的第一件有学术价值的工作,便是对于研究对象的选择和分类。叶德均根据自己对研究资料的全面把握,首先对什么是"讲唱文学"进行了定义:

> 讲唱文学是用韵散两种文体交织而成的民族形式的叙事诗,叙述时是有说有唱的。①

叶德均的这个定义,与此前谈到讲唱文学的郑振铎先生的认识,仿佛是不大一致的。郑氏认为:

> 这种讲唱文学的组织,是以说白(散文)来讲述故事,而同时又以唱词(韵文)来歌唱之的;讲与唱互相间杂……
>
> 他们不是戏曲,虽然有说白和歌唱……
>
> 他们也不是叙事诗和史诗;虽然带着极浓厚的叙事诗的性质,但其以散文讲述的部分也占着很重要的地位,决不能成为纯粹的叙事诗。②

叶德均说讲唱文学是"叙事诗",郑振铎说"不是叙事诗",看起来好像截然相反,但实际上并无根本的对立与冲突。为什么这样说呢?因为叶氏认定其为"叙事诗",是有限制的,这就是他在前面所加的两个定语:"韵散两种文体交织而成的"、"民族形式的",而且他更看重的是讲唱文学的"唱"的部分,所以他将其定性为"叙事

---

① 见本书第3页。
② 郑振铎:《中国俗文学史》上册,商务印书馆1938年版,第10页。

诗";而郑氏则认为讲唱文学"讲述的部分也占着很重要的地位",所以,他认为讲唱文学"不能成为纯粹的叙事诗"。叶氏注重的是"唱"的地位,郑氏则注重其综合性特质,各自的着眼点不同,故有论说上的偏差,但看他们二位的具体分析,其认识并无实质性矛盾。

相比之下,叶氏的论说,倒显得更为简洁明快一些。在他的定义中,有三个要点,一是讲唱文学的文体性质:叙事诗;二是文体特征:韵散交织;三是叙事方式:有说有唱。按照这个定义,也就自然将仅用于书面阅读的小说和用于剧场表演的戏曲,以及只说不唱的评书和只唱不说的曲艺等排除在讲唱文学的范畴之外了,而将其符合上述三个要点的宋元明三代约略有二十余种称谓的讲唱文学形式纳入了研究范围。

为了展开全面而系统的研究,面对形式众多、头绪纷繁的讲唱文学体式,叶德均进行了总体特征的把握,并根据"唱"的体制的不同,进行了分类。他说:

> 它们的名称和体制相互间虽然有极大的差异,但主体却没有什么不同,都是由说的散文和唱的韵文两个主要部分构成。散文没有重大差异,不同的都在韵文部分。就韵文的文辞和实际歌唱来考察,可以区别为乐曲系和诗赞系两大类。①

从目前所接触的资料来看,将头绪纷繁的讲唱文学体式明确

---

① 见本书第3—4页。

地分为乐曲系和诗赞系两大类,叶德均应该还是首次;他把使用七言、十言韵语进行歌唱的讲唱文学体式命名为诗赞体,提出了这一新的文体类型概念,似乎也是首次;这种分类和命名,基本为学界接受,如胡士莹在其所著《话本小说概论》中论到词话时,便具体论述了"诗赞系词话"。自此之后,这个分类不仅为研究话本和词话者所采用,而且还逐渐由讲唱文学影响到戏曲研究领域。如日本学者金文京在其所著《诗赞系戏曲考》中,便将中国戏曲分为诗赞系与乐曲系两大系统,认为杂剧、南戏、昆曲等属于乐曲系,京剧等地方戏为诗赞系;又如台湾学者曾永义、施德玉曾合撰《戏曲歌乐雅俗的两大类型》一文(载《曲学》第二卷),其副标题便作《诗赞系板腔体与词曲系曲牌体》,也是将我国古代戏曲"大戏"分为诗赞系和词曲系两大系统的。由此可见叶德均这一分类影响之深刻和久远。

叶德均对于宋元明讲唱文学有了这个大的分类,全书也就按照这个分类来进行架构:

第一部分"讲唱文学的一般情形"为总论,主要论述讲唱文学的基本特征、乐曲系讲唱文学与诗赞系讲唱文学的区别、乐曲系讲唱文学之乐曲的演变、诗赞系讲唱文学的渊源、讲唱文学之"讲"与"唱"的结构关系等等。

第二部分便专论宋元明的"乐曲系讲唱文学",所论主要有宋代的说唱体短篇小说、叙事鼓子词、覆赚、诸宫调(词的),有金代的诸宫调,有元代南北曲的诸宫调、驭说、货郎儿,有明代的陶真(乐曲的)、叙事的道情和莲花落等。

第三、四、五部分,则分上、中、下三部分专论"诗赞系讲唱文学",有宋代的涯词和流行于宋元明时期的陶真,有流行于元明时期的词话,有在明代由词话演化而来的弹词和鼓词等。

全书之末再以两个简表分时代列出乐曲系与诗赞系两大类所属的各种讲唱文学体式,做到井然有序、一目了然,算是对全书的一个条纲式总结。

二

在对宋元明讲唱文学的系统论述中,叶德均所擅长的一些研究方法,是值得总结和借鉴的,归纳起来,主要有循名责实、科学实证、寻源辨流、辨同别异等四个方面。

在论述每一种讲唱文学样式时,叶德均首先是循名责实,即对所论述的每一种讲唱文学体式,先是探考其名称的由来及其含义,然后再结合文献记载与传世作品考察其文体特征、说唱方式及体式演变,多能给人概念确切、特征鲜明、源流清晰之感。比如在论乐曲系讲唱文学中的鼓子词时说:

> 鼓子词是因歌唱时有鼓伴奏而得名的伎艺。它和传踏都是宋代官僚士大夫集团官私筵宴所用的小型乐曲。北宋欧阳修《六一词》有《十二月鼓子词》〔渔家傲〕十二首,吕渭老《圣求词》有《圣节鼓子词》〔点绛唇〕二首,南宋侯寘《孏窟词》有《金陵府会鼓子词》〔新荷叶〕一首,张抡《莲社词》有咏道家事的道情〔减字木兰花〕等三十首,据周密《武林旧事》卷七所记也是鼓子词。这些都是士大夫们筵会上所用的游乐伎艺,并不是叙事的讲唱文学。由这基础又产生了叙事鼓子词的一

类。这类是士大夫筵会和供市民娱乐的勾阑中并用的,现存两种作品正代表这两类。①

在这段文字中,作者首先解释鼓子词得名之由来:"是因歌唱时有鼓伴奏而得名的伎艺";接着指出其体式性质:"是宋代官僚士大夫集团官私筵宴所用的小型乐曲";然后便广泛征引相关文献,考明鼓子词由"士大夫们宴会上所用的游乐伎艺"发展为"叙事鼓子词"的路径;最后再举现存作品为例,分析叙事性鼓子词韵散结合的文体结构特征和说唱方式。这就让普通读者对于什么是鼓子词,鼓子词的渊源流变及其文体样式、如何说唱等等了解得一清二楚了。

又比如,元明时盛行的说唱技艺"词话",在明代有各种不同的叫法,而且都见于文献记载,如陶真、词说、说词、唱词、文词说唱、打谈、门词、门事、盲词、瞽词、弹词等等,如初次接触这些五花八门的技艺名称,的确有些令人眼花缭乱。叶氏经过仔细梳理,一一弄清各自的确切含义,从而让读者明白:其实它们都是在不同语境中对"词话"这一诗赞体说唱技艺的别称而已。

叶德均所擅长的第二个方法是科学实证,即坚持凭材料说话,尤其是对一些名存实亡的说唱技艺的考订更是如此。比如对宋代诗赞系的涯词和陶真的考订,作者首先引出《西湖老人繁胜录》中关于这两种技艺的最早记载:

唱涯词只引子弟,听陶真尽是村人。

---

① 见本书第10页。

因宋人文献中仅存此条材料,且并未说明两种体制和题材的特征及其差异,仅仅指出了这两种技艺参与者(主要是听众)身份的不同。因为无文本存世,叶德均便通过《都城纪胜》《梦粱录》等文献中将涯词与傀儡戏和杂剧相提并论的有关记载,并通过《张协状元》《西厢记诸宫调》等作品中引用傀儡戏技艺的一些唱词的特征,间接地考证出涯词的唱词应该是七言的诗赞体;又通过《七修类稿》卷二十二、《西湖二集》卷十七对陶真唱本之唱词的记载,考证出"可以确信陶真是用七言诗赞"①。他的这些考证,和他使用的这些材料,为后来论述相关问题的人所广为征引,叶氏沾溉之功,应当表出。

对于涯词和陶真两种体式之得名,叶德均认为"是宋代的阛阓间流行的市语,不知道得名的缘故,不能妄加说明,姑且存疑"②。其信者传信而疑者存疑的态度,是可取的,这种实事求是的态度,正是基于作者所坚持的科学实证原则。

又比如,对于流行于元明时期的"词话",明清人的著作中曾记载宋代即有此体,如明钱希言《桐薪》《狯园》、清吕种玉《言鲭》等书,都曾经提到"宋朝词话",而清初钱曾的《也是园书目》中还载有《灯花婆婆》等"宋人词话"十二种,如果叶德均以此为据推论"词话"起于宋代,大体上也算是"持之有故"了。然而,叶德均并没有随便轻信,而是广搜博览宋人文献,遍检宋人记载说话和诸种技艺的文献,如《东京梦华录》《都城纪胜》《西湖老人繁胜录》

---

① 见本书第29页。
② 见本书第30页。

《梦粱录》等,发现并没有一种被称为"词话"的技艺,于是,叶氏断定:

> "宋人词话"决非宋人的自称,而是明清时人以元明两代沿袭的名称加于宋人话本之上。①

叶氏的这个论断,是经过艰辛考证而做出的,令人信服。

在中国古代文学研究中,这种科学实证方法,自是乾嘉学派的学问根基,又经20世纪初以王国维为代表的新世纪学人接受西方学术思想影响之后加以娴熟应用,因而形成一种较为普遍的风气,王国维之后,刘半农、李家瑞、孙楷第、赵景深、叶德均等著名通俗文学研究专家都很注重科学实证,因而取得了突出的成就。可惜,这种严谨踏实、求真务实的学风,这种科学实证的方法,后来一度夭折,而被阶级分析法代替了。现在看来,这批前辈学者的研究成果不仅值得发掘,而且其研究方法,也更值得总结和借鉴。

叶德均在宋元明讲唱文学研究中所使用的第三个方法是寻源辨流,他对所考论的每一种讲唱文学体式,总是探寻其最早的源头,并注意厘清其流变。比如,他对流行于元明时期的"词话"一体的详细探考就是如此。

首先,叶德均经过科学实证,考明宋人并没有一种叫作"词话"的技艺,明清人文献中所言之"宋人词话",是沿用元明间人所用的"词话"名称将其加于宋人的话本之上;紧接着,便循名责实,考证

---

① 见本书第34页。

"词话"之"词"的含义,认为它并非"词调"或"曲调"之词,而"是和明清弹词、鼓词的词相同,主要是诗赞词",并由此确认:

> 词话是元明时称讲唱文学的名称,它除了增加十字句外,和陶真并没有什么不同。①

并进一步考证,词话以诗赞为主的韵文唱词,其渊源所自,当始于唐五代之俗讲:

> 这称诗赞为"词"的,也不始于元代词话,唐五代俗讲中的《季布骂阵词文》《后土夫人词》的"词文"或"词",就是指诗赞词而言。②

在确定了"词话"一体的基本性质并考证其渊源之后,叶德均又详细辨析了"词话"与"诗话"、"评话"等名称的联系和区别;考察了"词话"与宋人说话中"小说"一科的异同;还考证出"词话"这一名称最早见于元人完颜纳丹等人所纂《通制条格》,以及元人文献中对"词话"这一名称的广泛使用;还通过元杂剧中保存的大量"词话"材料推论"词话"与元杂剧的关系,通过明本《水浒传》中残存的"词话"材料推考元明间流行的《水浒传》应为韵散结合的词话本;最后,通过对明清时期弹词和鼓词的考察,证明其即由"词话"分化而来。总之,通过这一系列的考辨,人们对"词话"一体的

---

① 见本书第36页。
② 见本书第36页。

渊源、体制和流变就十分清楚了。

叶德均宋元明讲唱文学研究的第四个方法是辨同别异,即特别注意近似之体的联系与区别。比如在考察"词话"一体时,即对与"词话"有关联的"诗话"和"评话"进行了考察,厘清它们之间的联系和区别。在考察"诗话"一体时,叶德均以元刊本《大唐三藏取经诗话》一书为实例,指出其被称为"诗话","是因为书中有不少的诗,而这类诗又是通俗的诗赞",并由此判定诗话"和词话中的诗赞体是同类,应属于词话范围,并非和词话对立的另一种"①。对于"评话"一体,叶德均则以元刊本《武王伐纣平话》及《五代史平话》为考察对象,指出"评话"(即"平话")在叙述的题材方面,"是以讲史为限",它"和宋代说话的讲史一家是完全一致的","评话是从元代以来就以散说为主,它的话本也以散文为主(其中插用的韵文是念诵而非歌唱),和讲唱文学的词话是显然不同的两类"②。并且还进一步指出,"评话"一体由元明两代的讲史,到清代则扩展到小说中的"公案"、"灵怪"等类型了。经过这一番考察辨别,遂将说唱体"诗话"视为"词话"一体之同类而归入了讲唱文学,而将"评话"一体视为"词话"之异类而归入了小说之中。

又比如,盛行于元明时期的"词话"一体,在明代中后期发展为弹词和鼓词两个系统,但二者同中有异,叶氏注意到了它们的区别。他从使用"弹词"这一名称的作家如梁辰鱼、徐复祚、田汝成、沈德符、臧懋循、陈忱、董说等皆为南方江浙一带人这一事实,断定

---

① 见本书第37页。
② 见本书第37页。

"弹词是明代的南方江浙的称谓",并指出:

> 它接受讲唱词话的是:弦索伴奏和七言诗赞,而排除了用鼓节拍和十言诗赞。①

对于"鼓词"之称谓,叶德均考证其主要流行于北方,并指出:

> 鼓词接受词话的是:弦索的伴奏和鼓板节拍及十言、七言两类诗赞句式,是全部并直接继承词话的,而弹词只是部分接受词话。②

经过对"弹词"和"鼓词"流行地域及其特征的辨同别异,使读者对它们的体式特征有了更为清晰的认识。

三

当然,受时代和资料条件的局限,叶德均的宋元明讲唱文学研究,也偶有失误和值得商榷的地方。比如,已有学者指出,20世纪30年代,因李家瑞在一篇文章中叙述自己的购书经历时,对《新刊分类出像陶真选粹乐府红珊》一书未能做仔细考察,将其误认为"陶真选集",以至于叶德均在没有见到该书的情况下,也以讹传

---

① 见本书第58页。
② 见本书第61页。

讹,把《乐府红珊》当作了明人的陶真选集。而实际上,《乐府红珊》是明代人纪振伦(秦淮墨客)编辑的一部昆曲选集,所选为流行于舞台的昆曲折子戏片段。①

又比如,对于《西湖老人繁胜录》中"唱涯词只引子弟,听陶真尽是村人"二句的理解,叶德均认为其中"村人"一词是指农民,并进一步推论说:"宋代陶真既然为农民所爱好,其来源也当是产于农村。"②其实,这里的"村人",诚如有学者所指出的,应当指"俗人",即"市民中那些文化层次较低的听众","陶真也未必产生于农村,更大可能应是产生在城市的勾栏瓦舍之中"。③

还有,可能作为基础性普及读物的写作定位,该书对于各类型的讲唱文学文本,则没有进行具体的介绍和分析论述,当然,这个任务也无法由这本小册子来承担。

综上所述,可见叶德均的《宋元明讲唱文学》一书虽略有瑕疵,但瑕不掩瑜,该书在宋元明讲唱文学研究中的经典性地位是毋庸置疑的。叶氏对于讲唱文学所进行的诗赞系和乐曲系的科学分类,已经并将继续产生它的学术影响;他在研究和分析一系列问题时所运用的诸如循名责实、科学实证、寻源辨流、辨同别异等方法,是值得我们学习和借鉴的。

---

① 吴新雷:《明刻本〈乐府红珊〉和〈乐府名词〉中的魏良辅曲论》,载《南京师范大学文学院学报》2005年第1期。
② 见本书第27页。
③ 蔡一鹏:《疑〈明成化说唱词话丛刊〉系陶真唱本》,载《漳州师范学院学报》2009年第2期。

四

叶德均在宋元明的讲唱文学研究中,除留下了一部简洁精炼堪称经典的《宋元明讲唱文学》之外,还留下了一些专题研究论文,大多以考据见长。其中,有考证变文作品的,如《后土夫人变考》;有考证诸宫调及弹词作者的,如《双渐苏卿诸宫调的作者》《再生缘续作者许宗彦、梁德绳夫妇年谱》《弹词女作家小记》(含《邱心如的生平》《陈端生的世系》《郑澹若与周颖芳》三种);有考证说书艺人的,如《十八世纪扬州说书人叶英》;有考证说书艺人并兼考评话作品之作者的,如《关于浦琳》。这些文章能广搜博采,以切实可靠材料解决相关问题,表现出叶氏一贯的科学实证之风。还需要特别提到的是叶德均对于歌谣的汇录,他的《歌谣资料汇录》辑录了宋、元、明、清四朝见于文献载录的歌谣,并且介绍了古代、近代学人所编纂的歌谣资料;他的《淮安歌谣集》与《绍兴歌谣集》则辑录了流传在现代民众口头的歌谣;由此可见,叶德均对于歌谣的辑录是从多方面进行的,而且是他终生乐此不疲的事业。尽管他说这项工作"只是一种副产品",但是,他的这项"副产品"带给通俗文学研究者的丰富信息,要远比一些鸿篇巨制更让人欣喜与惊叹!

半个多世纪以来,因为某种特殊的原因,叶德均的学术成就与其应有的声名是很不相称的,他有赫赫之功,却无昭昭之名,个中缘由,真是一言难尽!

2015年6、7月间断断续续写就于成都东郊之狮子山麓